LA METAMORFOSIS

9 biblioteca **edaf**

Franz Kafka

La metamorfosis

La condena

La muralla china

Traducción de R. Kruger
Prólogo de Mauro Armiño

www.edaf.net
MADRID - MÉXICO - BUENOS AIRES - SANTIAGO

2012

Diseño de cubierta y de interiores: Gerardo Domínguez

Editorial Edaf, S. L. U.
Jorge Juan, 68. 28009 Madrid
http://www.edaf.net
edaf@edaf.net

ALGABA Ediciones, S.A. de C.V.
Calle, 21, Poniente 3323, Colonia Belisario Domínguez
Puebla, 72180, México
Teléfono: 52 22 22 11 13 87
jaime.breton@edaf.com.mx

Edaf del Plata, S. A.
Chile, 2222
1227 Buenos Aires (Argentina)
edaf4@speedy.com.ar

Edaf Chile, S. A.
Coyancura, 2270, oficina 914. Providencia
Santiago, Chile
comercialedafchile@edafchile.net

Novena edición en esta colección: julio 2017

ISBN: 978-84-414-2166-0
Depósito legal: M-11.462-2011

Impreso en España - Printed in Spain por Cofas, S. A., Móstoles (Madrid)

Índice

Prólogo

POCOS AÑOS han sido necesarios para que un término que significa un mundo específico se haya convertido en dominio público. La rápida imposición de la palabra *kafkiano* o *kafkiana* en nuestro mundo cotidiano se debe a la originalidad del pensamiento, a la novedad de la invención que designa, pero, sobre todo, a la realidad del mundo que ese concepto expresa: un concepto que si se ha difundido por amplias capas de la población no solo hispanoamericana sino mundial a velocidad tan desmesurada indica que esa realidad late sobre todos nosotros, sobre la vida cotidiana en que estamos sumergidos. Cierto que en muchas ocasiones el término «kafkiano» resulta difuso y no se ajusta con exactitud a las ideas expresadas por el autor de cuyo apellido ha nacido el término: Franz Kafka, un novelista judío de expresión alemana, nacido en Praga a finales del siglo XIX (1893) y muerto a los treinta y un años de edad (1924) víctima de la tuberculosis.

Habría, por tanto, que precisar el término en su primera acepción, en la original del autor, aunque hayamos de admitir que las ideas, una vez puestas en circulación, aumentan, se deterioran, empequeñecen o desaparecen en función de las necesidades que el mundo contemporáneo tenga de ellas; en función de la deuda que la realidad contrae con esos pensamientos originados en un autor.

Los tres relatos contenidos en el presente volumen sirven de manera ejemplar para adentrarse en las notas peculiares del mundo kafkiano: *La metamorfosis*. *La condena* y *La muralla china*, que condensan en breves páginas lo mismo que otros proyectos más ambiciosos, pero de igual base, como pueden ser *El proceso* o *El castillo*, ejemplifican. *La metamorfosis*, pese a los denuestos que contra ella lanzara su autor, siempre insatisfecho con el producto de su trabajo, siempre obsesionado por alcanzar la perfección hasta el punto de ordenar la quema de todos sus escritos cuando se hallaba en vísperas de su muerte, parte de una situación clave, comparable a otras del autor. Las tres primeras líneas sitúan brutalmente al lector ante un hecho irreal, inverosímil, fantástico, de una fantasía que desafía la imaginación más portentosa:

> Cuando una mañana se despertó Gregorio Samsa, después de un sueño agitado, se encontró en su cama transformado en un espantoso insecto.

No hay imaginación que pueda aceptar este punto de partida; curiosamente, ni siquiera Samsa, convertido en cucaracha repugnante, la acepta: y en este punto Kafka se aparta ya de la literatura fantástica, porque, en el género que se conoce con ese apelativo, los personajes actúan dentro de la «realidad fantástica» totalmente convencidos, identificados con ese mundo: véanse, si no, desde los cuentos de Hoffmann a las *Narraciones extraordinarias* de Poe, desde los relatos de terror hasta las novelas de ciencia-ficción: los personajes están sumidos en un líquido amniótico en el que se desenvuelven como si fuera realidad aceptable; y el lector asume desde el principio las bases fantásticas y se sumerge en ellas admitiendo todo como realidad a partir de un hecho irreal dado por válido.

Pero en Kafka no ocurre así: el lector es partícipe de la inverosimilitud total, absoluta, de que una persona, por muy viajante de comercio que sea, por muy angustiado y cansado que se halle, se convierta en cucaracha. Samsa concibe esa sensación de bicho que se ha apoderado de él como fruto de un sueño: no la acepta al principio, porque está dispuesto a vivir en la realidad más inmediata y cotidiana: y todo el desmigajamiento que hace de ideas va en esa dirección: en asumir nuevamente su parcela de realidad, tratar de incorporarse en el lecho, prepararse para salir de viaje y cumplir el cometido por el que es pagado a final de mes con comisiones y corretajes. Es más, desde su nueva «existencia», su pensamiento sigue funcionando, y desde ese pensamiento Kafka va a describirnos toda una parcela de realidad: la más sórdida, la más brutal. Porque en última instancia, la metamorfosis producida en Samsa es lo de más y lo de menos en la narración. Es lo de más, porque a partir de ella se puede penetrar profundamente en la realidad familiar que es en última instancia el meollo del relato; y porque una «metamorfosis» puede producirse en un individuo cualquiera, entendiendo por metamorfosis no el hecho de convertirse en cucaracha, sino en el de quedar al margen de la familia, de la sociedad, del mundo. Un individuo que ha seguido la marcha del carro social, que se ha incorporado a él con esfuerzo, que aspira a subir a un pescante más alto cada vez y enrolarse en los altos puestos de la vida: dinero, brillantez, honorabilidad, etc., se descubre un día, al levantarse, distinto, rechazando esa vida que nada le aporta por ser exterior a él mismo; es decir, el hombre de la víspera se ha metamorfoseado en algo que puede calificarse, si no queremos llamarlo puro, de más intrínseco a las necesidades e intereses de ese ser. La metamorfosis en insecto del personaje no es otra cosa que una metáfora: desde ella, desde la nueva existencia, puede contemplarse la vida bajo otra óptica que pone de relieve trazos absurdos, crueles, brutales, que antes no veía Gregorio Samsa: precisamente por eso decía que la metamorfosis es también lo de menos en este relato: el eje lo constituye el análisis que Kafka hace de las relaciones familiares.

Es de sobra conocido el insoluble problema que al novelista le planteó su coexistencia familiar: la *Carta al padre* es el documento, a un tiempo literario y real, que nos conduce al mundo obsesivo de Kafka, a un nudo que explica no solo sus relaciones con el progenitor, sino también elementos importantes de su narrativa, marcada por esas relaciones: desde el autoritarismo ejercido por el padre hasta la apasionada lucha que el hijo, Franz Kafka, sostiene contra él desde una posición en que odio y amor se mezclan y confunden en un solo sentimiento. Aquí, en *La metamorfosis*, se trasluce esa situación: ante el cambio operado en Samsa, la dura reacción del padre no deja de ser un reflejo literaturizado, por supuesto, de sentimientos reales y vividos. Pero quizá no sea esa relación la más transparente: aunque conozcamos —y es un enfoque que no hay por qué olvidar— las tensas relaciones de Kafka hijo con Kafka padre, de nada serviría si el escritor no hubiera sabido elevar su caso particular a categoría universal: el núcleo que articula el relato es precisamente la reacción del entorno familiar, social; ante el bicho que ahora es Samsa, la familia, que vivía de su trabajo, se ve amenazada con el cordón umbilical que la unía a él: es Samsa quien está alimentando a la familia tras la quiebra del pequeño negocio paterno; es Samsa el que alienta las ilusiones musicales de su hermana, sus sueños de entrar algún día en el conservatorio y entregarse a su pasión de tocar el violín; es Samsa quien aporta el pan a la casa, y con su conversión en bicho, con su metamorfosis, con esa marginalidad del individuo que se distancia y ve con ojos distintos el mundo que le rodea, establece un nuevo tipo de relaciones; la familia se ve amenazada ahora por ese bicho, no físicamente, sino esencialmente, en la existencia que llevan: a partir de ahora no se podrá contar con el dinero que el fatigado viajante de comercio aportaba; habrá que conseguirlo de algún modo, y la familia entera se dispone a la dura obligación del trabajo cotidiano; el padre, que despedía cansado y envejecido al hijo, se renueva ahora al convertirse en ordenanza de banco, parece haber rejuvenecido; y con ello se alteran las relaciones con Samsa: la dureza y la severidad del padre con el nauseabundo bicho son totales hasta el punto de desear, y casi ejecutar por sí mismo, la muerte de esa cucaracha-hijo que ya no sirve para nada; la hermana va olvidando las ilusiones musicales para subvenir a las necesidades de la subsistencia con un trabajo mediocre que no ha de liberarlos jamás de las necesidades; la madre, en la que parece anidar con más fuerza que en los otros dos personajes el sentimiento de que el bicho es o fue hijo suyo, también respirará aliviada en el momento de la muerte de ese ser repugnante; una vez que la realidad de su situación se le ha impuesto definitivamente, es el propio Samsa quien se deja morir, es la propia cucaracha la que acepta la situación a que se ve reducido y que no tiene salida. Y entonces la familia, sin una lágrima apenas, se toma un día de descanso, de fiesta, de aire puro, y los tres —padre, madre, hermana—, tierna y familiarmente —siempre que no haya metamorfosis— unidos, dan un paseo por la ciudad: muerto el insecto asqueroso todo parece rejuvenecerse, asumir las dimensiones de una vida en la que, pese al trabajo, puede darse la esperanza: el último párrafo del relato resulta sobrecogedor por contraste: padre y madre se dan cuenta de que la hermana ya no es una niña, y ella misma también está dispuesta a entrar con paso de primavera florecida en una existencia de la que ha sido desterrado para siempre el recuerdo de aquel hermano del que vivieron y que un buen día «se encontró en su cama transformado en un espantoso insecto». Ella es la que cumplirá, de otra forma, el papel del hermano para la familia, aunque esas esperanzas en un «marido conveniente» no queden explícitas en su dimensión económica:

> Y mientras hablaban de todo esto, casi simultáneamente se dieron cuenta el señor y la señora Samsa de que su hija, que en los últimos tiempos, pese a todos los esfuerzos que pusieron en ello, había desmejorado mucho, ahora se había recuperado y era una hermosa muchacha rebosante de vida. Sin cambiar ya palabra entre ellos, se entendieron casi de una manera tácita y se dijeron uno a otro que era llegado el momento de buscarle un marido conveniente.
>
> Y cuando finalizó el viaje, y la hija se incorporó la primera, poniendo en evidencia sus formas juveniles, pareció ratificar con ello los nuevos anhelos y las sanas intenciones de los padres.

No creo que este párrafo pueda interpretarse de una forma exenta de crueldad y de ironía: es el resumen que Kafka hace de la situación familiar: el vampirismo de los más débiles sobre los que tienen posibilidades de existencia, de los más ancianos sobre los más jóvenes, el vampirismo de la sangre y la energía joven por parte de los viejos padres.

Podrían analizarse otros elementos de *La metamorfosis* que solo apuntaré: la terrible sumisión a la realidad del Samsa viajante de comercio; la dependencia casi brutal de un trabajo nada satisfactorio que le obliga a agotarse y a subordinarse infinitamente, hasta una saciedad indigna del ser humano; el extrañamiento a que la familia somete al elemento ahora inútil y repulsivo; la implacabilidad de la conducta del padre con él; el hastío de la hermana, que poco a poco deja de responder a las insinuaciones del cariño que antes tenía por Samsa, ahora insecto; la angustiosa llamada de las entrañas de la madre que le dio el ser, que se va apagando a medida que el bicho se va imponiendo como algo distinto a aquella memoria de su hijo; el despego y la distancia que la asistenta pone en su trato con el insecto, quizá la más fría pero en resumidas cuentas la conducta menos afectada por sentimientos que en nada le incumben, y que sirven de contrapunto a las lágrimas que de vez en cuando la familia derrama.

La metamorfosis es uno de los relatos en que con mayor nitidez aparece «lo kafkiano»: la inverosimilitud y la irrealidad sembrando el pánico en la realidad, en la lógica más natural; pero esa inverosimilitud no se aparta de la realidad: es simplemente una metáfora, una concreción de la realidad en un estado distinto de lo cotidiano; es decir, se trata de un símbolo. Precisamente su carácter de símbolo hace que el relato se preste a diversas interpretaciones: y así, tanto *La metamorfosis* como *El proceso*, *El castillo*, etc., han sido abordados desde las perspectivas más dispares: desde la psicoanalítica a la cabalística, desde la existencial a la religiosa, desde la social hasta la defensa del individualismo. Ese carácter simbólico es también lo más original de la narrativa kafkiana, que abre unas puertas por las que hasta entonces la literatura no había penetrado: porque no se trata de reducir el problema a una interpretación cualquiera de las ya enunciadas: social, existencial, religiosa, etcétera. Se trata, en resumidas cuentas, de aceptar lo simbólico como real, puesto que así lo propone el autor. Y lo que antes decíamos de la rápida expansión y aceptación del término kafkiano para significar determinados hechos de la vida prueba que ese símbolo está a flor de piel en el mundo en que vivimos, que es una realidad expresada con palabras distintas a las habituales: un símbolo sentido como realidad palpable, es decir, una realidad: he ahí la poderosa fuerza de la literatura, de las palabras, del creador.

*
* *

Si pasamos ahora a *La condena*, escrito de un tirón en la noche del 22 de septiembre, hay que comentar ante todo algunas líneas de los diarios del autor: para él fue ese su primer éxito personal ante las cuartillas en blanco. Se sintió por primera vez cerca del punto donde «todo puede expresarse, que para todo, para las ideas más extrañas, hay dispuesto un gran fuego en el cual perecen y desaparecen». Tras leer *La condena* a unos amigos, su opinión se vio confirmada: «Tenía lágrimas en los ojos. El carácter indudable de la historia se confirmaba».

La anécdota de *La condena* no puede comenzar de manera más vulgar: un hombre de negocios escribe una carta a un amigo de la infancia establecido, no con demasiada fortuna, en Rusia. Todo transcurre de forma natural en ese inicio del relato: el personaje se pregunta una y otra vez a sí mismo sobre la conveniencia o no de comunicarle asuntos triviales, su compromiso matrimonial, el estado floreciente de sus negocios. Nada ajeno a una vulgar tarea cotidiana. Pero el relato cambia de dimensión cuando, al comunicar a su anciano padre la noticia dada al amigo, este afirma que tal amigo no existe. El pasmo invade al lector: como en una película de miedo, ha chirriado el gozne de una puerta en la casa aparentemente tranquila. Y la conversación rápida y breve que padre e hijo sostienen es una concatenación de elementos patológicos, de certezas a medias, de afirmaciones y sutilezas que aniquilan tanto al lector que este ha de ver como lógico el desenlace: la realidad cotidiana del principio de la historia no era tan clara, ni tan insignificante; parece como si el protagonista hubiera lavado la cara de esa realidad, que ahora el padre cuenta desde su punto de vista: nuevamente estamos ante el tema clave de Kafka, las relaciones de padre e hijo; un padre autoritario que no quiere, en este caso, ser devorado por la fuerte energía juvenil, que no quiere verse traicionado por el casamiento del hijo con otra mujer, que no quiere envejecer y ser arrumbado en un rincón como trasto viejo; por eso, estableció hacía tiempo relaciones con aquel amigo de la infancia del hijo, y ambos, padre y amigo, han logrado el próspero negocio cuyos triunfos va recogiendo este. Con la virulencia terrible y apocalíptica que le otorga la condición de padre, actúa de acusador y de juez de un hijo que ha pensado solo en sí mismo, en trabajarse su propia vida, dejando al padre, una vez muerta la madre, en la pendiente de la edad para que lentamente discurra hacia su fin; cuando la verdad y las acusaciones empiezan a brotar, el personaje no lo duda: «¡Si se cayera y se partiera los huesos!», piensa. Y cuando ha metido en la cama al anciano, este se niega a ser *tapado*, utilizando el Kafka este término en doble sentido: «Sé que tú quisieras taparme.... pero aún no estoy todavía tapado. Y aunque puedan ser mis últimas fuerzas, para ti son muchas, demasiado quizá».

El padre está jugando sus últimas cartas, pero a muerte; ve en el hijo a alguien que quiere prescindir de él, borrarlo, y el autoritarismo de su condición lo hace revolverse frenético contra quien ha pretendido vivir saltando por encima de él, casándose con un ser ajeno; desde la perspectiva paterna el hijo ha de estar sometido a la estructura familiar, a sus intereses, a la dependencia:

> Como ella se levantó las faldas así, así te entregaste completamente, y para gozar tranquilamente con ella, manchaste la memoria de nuestra madre, traicionaste al amigo y arrojaste en el lecho a tu padre para que no pueda moverse.

Es una situación brutal y cerrada, que parece reflejar algunos aspectos de la relación de Kafka con su padre: la famosa *Carta al padre* también habla de las injerencias del padre del autor en sus noviazgos con Felice Bauer.

Pero no es solo esa traición a los padres: se ha apoyado el viejo en el amigo para darle una última lección al hijo, para desenmascararlo ante sí mismo, para rebajar sus ínfulas de pretender existir sin él; porque todos sus éxitos en el negocio no se deben sino a la connivencia y a la gestión del padre y del amigo. Y en las últimas líneas, el padre lanza la condena contra tanto egoísmo:

> Debes saber que existen otras cosas en el mundo, pues hasta hoy solo te interesaban las que se referían a ti. Es verdad que eres un inocente niño, pero fuiste también un ser satánico. Y ahora, por consiguiente, óyeme: yo te sentencio a morir ahogado.

Esa sensación de culpa hará que el personaje se arroje al río, no sin antes dar una de las claves del pensamiento y de la vida de Kafka: «Queridos padres, pese a todo nunca os he dejado de amar».

Ahí queda manifiesto uno de los rasgos de la existencia de Kafka y de lo kafkiano al mismo tiempo: la imposibilidad de comprensión, de transmisión de unos sentimientos que existen pero que están encerrados, sofocados por el autoritarismo que hay enfrente, por la timidez propia, por el sojuzgamiento desde la infancia de ese ser que ahora escribe o dice: «Pese a todo nunca os he dejado de amar».

A este respecto, y para la comprensión completa de *La metamorfosis* y de *La condena*, me parece inexcusable la lectura de la *Carta al padre* y de los diarios.

*

* *

La muralla china muestra otra de las vertientes kafkianas: la infinitud, la falta de dimensiones del tiempo; el pretexto elegido por Kafka es quizá el mejor punto de apoyo:

nos habla uno de los constructores de la gran muralla, la obra más vasta jamás iniciada por la humanidad, que se remonta al origen casi de la civilización china; civilización que tiene la particularidad de ser prácticamente desconocida por Occidente y que por tanto sirve a las intenciones soterradas que el autor pone en ese personaje. Como Joseph K., de *El proceso*, como el agrimensor de *El castillo*, este constructor chino habla de tiempos y lugares vastísimos, de no se sabe qué infinitos emperadores.

Jorge Luis Borges expresa bien una parte del contenido esencial del relato: «El infinito es múltiple: para detener el curso de ejércitos infinitamente lejanos, un emperador infinitamente remoto en el tiempo y en el espacio ordena que infinitas generaciones levanten infinitamente un muro infinito que dé la vuelta de su imperio infinito». Es esta vastedad inconmensurable la que ha permitido lecturas religiosas de este cuento; pero los símbolos no se agotan ahí: el eterno retomo puede estar también enmarañado en esa relación puesta en boca de un personaje, cuyas palabras parecen uno de los juegos a que nos tiene acostumbrados el surrealismo: la eterna escalera que tras muchas vueltas y recovecos, subidas y bajadas, desemboca en ella misma; así, las palabras de *La muralla china* se remiten solo a palabras, construyendo el conjunto una nebulosa no por inverosímil menos real: nuevamente tenemos la sensación de angustia al sabernos vivir seguros de unos datos que para nada sirven, que son fechas, nombres, motivos de una existencia perdida en la vía láctea de millones de existencias sometidas a millones de nombres diversos, de lugares distintos que, en última instancia, no forman sino un solo magma: el individuo seco y solo. Porque lo que parece probar la infinitud de que Borges hablaba es precisamente la concreción del individuo independientemente de tiempos, de épocas, de historias y lugares: el ser aislado y solo viviendo su estrecha parcela de vida, marginado siempre de una realidad que para nada le afecta; así, los habitantes de la aldea reciben noticias de la muerte de monarcas que murieron hace siglos, de hechos acaecidos remotamente, de finales de guerras ya pasados que les llegan cuando después se han encendido muchas otras. Y sin embargo, los vecinos festejan el fin de unos combates a sabiendas de que han ocurrido después otros de los que aún no tienen noticias.

¿No trata Kafka el Tiempo y la Realidad del ser humano como una cinta de Moëbius, una cinta continua que se une a sí misma y donde la pretenciosidad del individuo de aislarse en sí puede parecer locura? Cierto; pero la banda de Moëbius, precisamente para lograr unirse a sí misma, tiende dos partes, una superior y otra inferior: ahí precisamente puede situarse el individuo, no ya como protagonista de nada —salvo de su pobre existencia—, sino como grano acarreado por las fuerzas de la historia; por unas fuerzas, además, que pueden ser cualquiera, que son indefinidas e infinitamente poderosas.

Por eso, *La muralla china* deja en el lector esa angustia de la impotencia del ser ante el Tiempo, ante el Destino, ante la Muerte; y merece la pena escribir con mayúsculas esos nombres porque, aunque no aparecen, están detrás, en la cara oculta de la cinta de Moëbius de que antes hablaba; y quizá contra esa impotencia del ser haya luchado Kafka al escribir; en sus diarios se percibe la vana obsesión de durar, de sobrevivir, de extraer de su ser individual algo que pueda hacer frente al magma indefinido e infinito que pesa sobre el hombre, que lo arrastra por encima de tiempos y de edades, que lo aniquila hasta el punto de no dejar otra cosa de nosotros que granos de arenas perdidos en el desierto que cualquier brisa aventa cuando quiere hacia cualquier parte.

Mauro Armiño

Cronología

1883. 3 de julio. Nacimiento de Franz Kafka en Praga, en el seno de una familia judía perteneciente a la pequeña burguesía praguense que se expresa en alemán. Hasta los treinta años, Kafka vive en medio de la monarquía austrohúngara, hasta la nueva división geopolítica de la zona que hará de Praga una ciudad de la recién fundada república checoslovaca. Pese a tener dos hermanos más, la temprana muerte de Heinrich y Georg lo convertirá en el único varón de una familia de cuatro mujeres, además del padre, que era oriundo de la Bohemia meridional.

1893. Tras haber realizado sus estudios primarios en una escuela para hijos de la clase media, entra en el Instituto Alemán del Altstadter Ring. Traba amistad con el historiador de arte Oscar Pollak, que lo introduce en la cultura y el arte.

1901. Inicia la carrera de Derecho y sigue un curso de Filología germánica durante un trimestre. La carrera vocacional, sin embargo, es la literatura. Conoce en 1902 a Max Brod, que es para Kafka, según confesará él mismo en carta a Pollak, una «ventana abierta al mundo...»

1907. Escribe los primeros relatos publicados, como *Preparativos de bodas en el campo*, que aparecerá al año siguiente en *Hyperion*.
En octubre comienza a trabajar en la compañía de seguros Assicurazioni Generali.

1908. Se publican prosas sueltas en la revista *Hyperion*, dirigida por dos representantes del expresionismo alemán: Franz Blei y Carl Sternheim.
Pasa a trabajar en la Compañía de Seguros de Accidentes de Trabajo.

1909. Pasa en Riva, en compañía de Brod y de un hermano de este, sus vacaciones. A partir de este año y hasta 1912 participa en actividades políticas de cariz socialista organizadas por el Club Mládych.

1910. Inicia sus *Diarios* (*Tagebucher*). La representación de un espectáculo en yiddish hace surgir en él la preocupación por el judaísmo, que hasta entonces no parecía haberlo inquietado. Viaja a París con Max y Otto Brod en octubre.

1911. En su diario escribe *El mundo urbano*, que luego será el núcleo de uno de sus primeros grandes relatos: *La condena*. Se relaciona con la vanguardia del momento, con el teatro yiddish, cuyo director, Jizchak Löwy, marcará profundamente sus escritos con sus relatos sobre rabinos, célebres y sobre la existencia cotidiana de los judíos en Rusia. Estudia la cultura y la literatura judías.

1912. Redacción de *El desaparecido* (*Der Verschollene*), que más tarde pasará a convertirse en un capítulo, más elaborado, de *América*. En diciembre aparece su primer libro, *Contemplación*, que viene preparando desde agosto; ese mismo mes, el día 13, conoce en casa de los Brod a Felice Bauer. La noche del 22 de septiembre escribe de un tirón *La condena*.

1913. Es presentado en mayo a la familia Bauer; pero su relación con Felice sufre las primeras crisis en agosto y septiembre. Durante este mes visita Italia.

1914. En junio, compromiso matrimonial con Felice, que queda roto al mes siguiente; esta crisis, con sus vivencias íntimas y sus torturas, afectará a la redacción de *El proceso*, que comienza en este momento, a la vez que *En la colonia penitenciara* y el último capítulo de *América*.

1915. Reanuda su relación con Felice. Publicación de *La metamorfosis*.

1916. Nuevo encuentro con Felice Bauer. Publicación de *La condena* y redacción de varios relatos que luego incluirá en *Un médico rural*.

1917. Nuevo compromiso con Felice en julio; en septiembre, los médicos le diagnostican tuberculosis. En diciembre rompe su segundo compromiso con Felice, que un año más tarde se casará con otro.

1918. Pasa el verano en Praga tras una estancia de casi dos años en Marienbad (desde 1916). Traba relación con Julie Wohryzek, hija de un sacristán de sinagoga, y prepara para la imprenta los relatos de

Un médico rural. Se recluye cada vez más en la soledad.

1919. Aparece *En la colonia penitenciaria*. Compromiso matrimonial con Julie, que suscita en él una crisis que pondrá de manifiesto la *Carta al padre*, escrita en noviembre, acusándolo principalmente de dos ofensas: la indiferencia ante su obra y el desprecio que Kafka padre siente hacia Julie.

1920. Correspondencia con Milena Jesenka, traductora al checo de relatos de Kafka como *Contemplación* y *El fogonero*. Ruptura con Julie Wohryzek, a la vez que incrementa su relación con Milena, vivida como exaltación sentimental. Sin embargo, Milena, también escritora, sigue vinculada a su marido.

1921. Ruptura con Milena, a la que ruega deje de escribirle. Comienza a extenderse su influencia entre los jóvenes. Otoño en Praga, que le permite contemplar detenidamente junto la vida campesina, base, junto a su experiencia con Milena, de la novela que va desbrozando en borrador: *El castillo*, iniciada en Praga en enero del año siguiente. Conoce a Robert Klopstock, estudiante de medicina, a quien le unirá una gran amistad hasta su muerte.

1922. Durante todo el año se ocupa de *El castillo*, aunque también escribe *Un virtuoso del hambre*.

1923. Conoce a Dora Dymant en Muritz, en el Báltico. Esta mujer lo libera, en el pensamiento de Kafka, del estrecho círculo familiar. Con ella se traslada a

Berlín, donde se ve rodeado de miseria: la inflación creciente se traga su pensión de funcionario. La tuberculosis se va haciendo dueña de su cuerpo.

1924. La enfermedad le ataca la laringe y es llevado por su tío Sigfried y Max Brod a Praga. Escribe *Josefina la cantante o el pueblo de los ratones*. Pasa diversas estancias en sanatorios distintos: a su cabecera están Dora Dymant y Robert Klopstock.
Muere el 3 de junio de 1924, siendo enterrado en Praga. En su testamento dejaba expresa la voluntad de que se destruyeran todos sus escritos.

La metamorfosis

CUANDO UNA MAÑANA se despertó, Gregorio Samsa, después de un sueño agitado, se encontró en su cama transformado en un espantoso insecto. Se encontraba tumbado sobre el quitinoso caparazón de su espalda y, al levantar la cabeza, vio la forma convexa de su vientre, de color oscuro, cruzado por curvadas durezas, cuyo relieve casi no podía soportar la colcha, que estaba a punto de deslizarse hasta el suelo. Numerosas patas, lastimosamente delgadas, comparadas con el grosor normal de sus piernas, presentaban ante su mirada el espectáculo de un movimiento sin sentido.

¿Qué es lo que me ha pasado?

No se trataba de un sueño. Su habitación, una habitación corriente, aunque bastante pequeña, se le presentaba como siempre, entre sus cuatro paredes demasiado conocidas. Sobre la mesa, encima de la cual estaba desordenado un muestrario de telas —Samsa era viajante de comercio—, pendía una lámina sacada no hacia mucho de una revista ilustrada y enmarcada bonitamente en madera dorada. El motivo de la estampa era una señora cubierta con un gorro de pieles, quien, muy derecha, sostenía un manguito de grandes dimensiones, dentro del cual no se veía su antebrazo.

Gregorio dirigió después la mirada hacia la ventana. El día estaba nublado (se oía el repiqueteo de las gotas de lluvia sobre el cinc que recubría el alféizar) y le produjo una honda tristeza.

«Veamos —pensó—. ¿Qué ocurriría si continuase durmiendo un poco más y dejase de lado toda fantasía?» Pero esta pretensión era completamente impracticable, ya que la costumbre de Gregorio era dormir sobre el lado derecho, y en la posición en que se hallaba, le era imposible conseguir esa postura. Pese a que procuraba mantenerse sobre el lado derecho, necesariamente volvía a caer sobre la espalda. Innumerables veces intentó sin resultado positivo lograrlo. Cerró los ojos para evitarse el espectáculo de aquel rebullir de piernas, que no terminó hasta que un dolor ligero, pero punzante a un tiempo, un dolor que nunca había experimentado hasta ahora, empezó a molestarle en el costado.

«¡Ay, Dios mío! —dijo para sí mismo—. ¡Qué profesión tan dura la mía! Un día sí y el otro también viajando de un sitio para el otro. El trabajo ocasiona mayores preocupaciones cuando se realiza fuera que cuando se trabaja en la misma tienda, eso sin considerar la calamidad de los viajes, el estar pendiente de los enlaces de trenes, comer mal a horas intempestivas, relaciones con personas siempre distintas, y que no duran nada, en las que es imposible lograr la menor amistad, y apartadas siempre de los verdaderos sentimientos. ¡Al demonio con todo!»

Sintió una leve picazón en el vientre. Muy despacio se estiró sobre la espalda, procurando llegar a la cabecera, para poder levantar mejor la cabeza. Se fijó que el lugar que le picaba estaba cubierto de unos puntitos blancos, que no supo a qué atribuir. Intentó obtener alivio frotando el lugar del escozor con una pierna, pero tuvo que separarla rápidamente, pues el roce le dio escalofríos. «Madrugo demasiado —se dijo— y está uno aturdido completamente. Se necesita dormir lo suficiente. Otros viajantes se pegan una vida de pachás. Cuando regreso al mediodía a la fonda, para pasar en limpio los pedidos, están sentados muy tranquilos despachando el desayuno. Pero si yo, con el jefe que me ha tocado, pretendiese hacer igual que ellos, sería despedido en breve. A lo mejor esto sería lo que más me convendría. Si no fuese por mi familia, hace ya tiempo que me hubiese largado. Habría ido a ver al jefe, y sin pelos en la lengua le hubiese dicho muy claro lo que pienso. ¡Se habría venido abajo del pupitre! Así es muy fácil, sentado encima del pupitre, para desde esa altura dirigirse a los empleados. Como además es sordo, tiene que ponerse casi debajo de él. Lo último que se pierde es la esperanza, como suele decirse. En cuanto haya podido ahorrar para pagarle lo que deben mis padres —por lo menos cinco o seis años aún—, ¡como que me llamo Samsa que lo hago! Y entonces sí que me sitúo. Bueno; pero ahora no queda más que levantarse, que el tren sale a las cinco.

Dirigió los ojos al despertador, que repetía su tic-tac encima del baúl.

«¡Dios mío!» —exclamó para sí mismo.

El reloj señalaba las seis y media, y las manecillas continuaban su camino tranquilamente. Vale decir que ya era más tarde. Las manecillas se acercaban a menos cuarto. ¿No debía haber sonado el despertador? Desde la cama podía ver que estaba, en efecto, puesto a las cuatro; por consiguiente, debía haber tocado. ¿Se podía seguir durmiendo tranquilamente, a pesar del ruido que incluso hacia vibrar hasta los muebles? Había tenido un sueño agitado, pero por eso seguramente muy profundo.

¿Qué debía hacer ahora? El próximo tren no salía hasta las siete. Era casi imposible llegar a tiempo, aunque se diese toda la prisa posible. No tenía preparado el muestrario, y además no tenía ninguna gana de ponerse en movimiento. Pero aunque pudiese coger el tren, no por eso se evitaría ya el rapapolvo del jefe, pues el mozo del almacén, que seguramente había bajado al tren de las cinco, notaría su falta y se habría apresurado a decírselo. Era un individuo a la medida del jefe, indigno y desleal con los compañeros. También podía decir que estaba enfermo. ¿Qué podía pasar? Lo más seguro es que no se lo tragasen, pues en los cinco años que hacía que trabajaba en la casa, no había estado enfermo ni una sola vez. Lo más probable era que viniese el jefe de personal con el médico del seguro. Le pondrían verde ante sus padres, acusándolo de ser un perezoso, y no admitirían sus razones, basándose en el diagnóstico del medicastro, para el cual todos estaban sanos mientras no se muriesen, y solo padecían de terror al trabajo. Y para ser sinceros, no hubiera estado esta vez nada equivocado. Aparte de un resto de sueño, por supuesto injustificado después de haber dormido a pierna suelta, Gregorio se encontraba muy bien, y con un hambre canina.

Mientras divagaba desordenadamente, sin acabar de decidirse a levantarse, y precisamente en el instante en que el despertador señalaba las siete menos cuarto, llamaron discretamente a la puerta que quedaba al lado de la cabecera de su cama.

—Gregorio —dijo la voz de la madre—, ya son las siete menos cuarto. ¿No tenías que irte de viaje?

¡La dulce voz de su madre! Gregorio se espantó al oír el contraste con la suya propia, que era la habitual, pero que se oyó confundida con un penoso e irreprimible silbido, en compañía del cual las palabras, al principio claramente distinguibles, se confundían luego, sonando de un modo que no tenía uno la seguridad de haberlas oído. Gregorio le hubiese podido contestar ampliamente, explicando todo; pero en vista del cambio, solo dijo:

—Sí, sí, madre, gracias. Me levanto ahora mismo.

Es posible que a través de la madera de la puerta no se notase el cambio que había sufrido la voz de Gregorio, pues la madre pareció quedarse conforme con la contestación y se marchó. Pero este breve diálogo puso en conocimiento al resto de los componentes de la familia de que Gregorio, pese a que se le suponía ya fuera, se encontraba aún en casa. Luego llegó también el padre y, llamando ligeramente a la puerta, exclamó:

—Gregorio, Gregorio, ¿pasa algo?

Después de un instante, repitió su nombre con voz más alta.

—Gregorio, Gregorio.

Entre tanto, detrás de la otra hoja de la puerta sonaba dulcemente, como un lamento, la voz de su hermana:

—Gregorio, ¿no te sientes bien? ¿Quieres alguna cosa?

—Estaré fuera enseguida —contestó Gregorio a los dos, procurando pronunciar y hablando muy despacio para ocultar el sonido insólito de su voz.

Volvió el padre a desayunar, pero la hermana se quedó susurrando:

—Abre la puerta, Gregorio, te lo ruego.

Cosa que no pensaba hacer Gregorio de ninguna manera, sino que se alegraba de la preocupación que había adoptado en sus viajes de encerrarse con llave en su cuarto durante la noche, lo que hacía también en su misma casa.

Debía empezar por levantarse sin prisas y vestirse tranquilamente sin que lo molestasen, y sobre todo desayunar. Después de terminar todo esto, consideraría lo demás, pues le era muy difícil pensar en la cama. Debía tomar sus resoluciones una vez levantado. Ya había notado algunas veces, mientras estaba en la cama, un ligero dolor, causado sin duda por alguna postura incómoda, y que luego al levantarse se esfumaba como si hubiese sido un producto de su imaginación. Sentía curiosidad por saber qué pasaría cuando se levantase ahora. Estaba seguro de que el cambio que había notado en su voz era simplemente el anuncio de un resfriado monumental que se aproximaba, enfermedad muy frecuente en las gentes de su profesión.

Echar la colcha a un lado nunca había constituido un problema. Sería suficiente incorporarse un poco, y esta caería al suelo por sí sola. Pero el problema estribaba en la desmesurada anchura de su cuerpo. Para incorporarse, era necesario hacerlo apoyándose en manos y brazos; pero estos no los tenía, y en su lugar había ahora numerosas patas en permanente agitación y le era imposible controlarlas. Y la cuestión es que quería levantarse. Conseguía estirarse. Pudo al fin controlar una de sus patas, pero las otras continuaban su incontrolado y doloroso rebullir.

«No conviene quedarse en la cama hasta tan tarde» —pensó Gregorio. Empezó por tratar de sacar del lecho la parte inferior del cuerpo. Pero esa parte, que por lo demás no había visto aún, y de la cual no tenía la menor idea de cómo era, le resultó casi imposible de mover. Lo intentó muy despacio y cuidadosamente, luego ya perdió la calma y, haciendo un violento esfuerzo, se arrastró hacia delante. Pero midió mal la dirección, y se propinó un golpe fortísimo contra las barras de la cama. El dolor que le causó le probó con su intensidad que la parte baja de su cuerpo era probablemente en aquel nuevo estado la más delicada. Intentó sacar primero la parte superior del cuerpo y comenzó por volver la cabeza con sumo cuidado hacia el borde de la cama. El movimiento fue perfecto, y pese a su anchura, el cuerpo acompañó por fin, aunque despacio, el movimiento que había empezado la cabeza. Pero al encontrarse con esta suspendido en el aire, se asustó de continuar saliendo en esa forma, ya que si se dejaba caer así, solo un milagro era capaz de evitar descalabrarse la cabeza; y era ahora precisamente cuando más intacta deseaba conservarla. Ante el riesgo, era preferible seguir en la cama.

Pero cuando después de repetir semejantes esfuerzos a los anteriores, y suspirando profundamente, se encontró de nuevo en la posición primera y volvió a ver sus patas poseídas de una excitación frenética, comprendió claramente que le era imposible por sus solas fuerzas salir de aquella absurda situación. Pensó otra vez que no podía seguir más tiempo en la cama y que lo más sensato era volver a correr el riesgo, aunque fuese pequeña la esperanza de obtener el éxito. Pero enseguida reflexionó que en vez de tomar decisiones heroicas, debía pensarlo mejor. Miró con esperanza hacia la ventana, pero lamentablemente la intensa niebla, que aquella mañana no dejaba ver las casas de enfrente, no era lo más adecuado para sentirse optimista y esperanzado. «Ya son las siete —se dijo al oír el despertador—. ¡Las siete de la mañana, y no se ha despejado la niebla!» Se quedó unos instantes echado, completamente inmóvil y respirando despacio, como si confiase durante aquel silencio retornar a su estado normal.

Después de un rato, pensó: «Tengo que levantarme antes de que sean las siete y cuarto. Pues es casi seguro que vendrá algún empleado de la tienda a averiguar qué pasa, ya que entran antes de las siete». Y se preparó a bajar de la cama, imprimiendo un balanceo con todo su cuerpo. Si se dejaba caer así, manteniendo muy levantada la cabeza, es probable que esta saliese bien librada del lance. La espalda parecía ser bastante fuerte. No le causaría mucho daño el golpe contra la alfombra. Lo único que le preocupaba era el estrépito que originaría, con las consecuencias que no eran difíciles de prever: alarma y susto en la casa, o por lo menos inquietud. Pero no había otra salida. Debía correr ese riesgo.

Se encontraba ya con medio cuerpo fuera de la cama (la nueva tarea era más un pasatiempo que un trabajo, pues todo consistía en balancearse constantemente hacia atrás), cuando se le ocurrió repentinamente que sería todo más fácil si acudía alguien en su ayuda. Bastaban dos personas fuertes (podrían ser su padre y la sirvienta). No tendrían más que levantarlo por debajo de su abombada espalda, extraerlo del lecho y luego, agachándose con su carga, dejarle que se estirase sin trabas en el suelo, donde era de esperar que las numerosas patas cumplirían su función. Pero debía preguntarse, aparte de estar la puerta cerrada, si era conveniente solicitar ayuda. Olvidándose un instante de su situación, no pudo evitar sonreírse.

Estaba ya tan salido de su cama, que bastaba solamente un balanceo más fuerte para precipitarse en el suelo. No tenía más remedio que tomar una resolución, pues la hora pasaba e iban a ser las siete y cuarto. En ese momento llamaron a la puerta del piso. «Debe ser alguien de la tienda», pensó Gregorio, a la espera de que se confirmase su apreciación, mientras las patas se movían cada vez más desacompasadamente. Durante un instante todo quedó en silencio. «No abren», se le ocurrió, agarrándose a tan absurda esperanza. Pero como debía suceder, se sintieron las recias pisadas de la sirvienta, que se dirigía a la puerta. Y esta fue abierta. Solo la primera palabra que dijo el visitante fue suficiente para que Gregorio supiese de quién se trataba. Era el jefe de personal. ¿Por qué tenía que trabajar en aquella casa, en la que el más pequeño incumplimiento del horario suscitaba enseguida las más pavorosas sospechas? ¿Acaso todo el personal, uno por uno, eran un atajo de sinvergüenzas? ¿No había entre todos alguna persona honesta que, después de perder dos horas por la mañana, fuese presa de fuertes remordimientos y estuviese en situación de dejar la cama? ¿No era bastante enviar a un botones a que preguntase, admitiendo que fuese necesario hacerlo, sino que era preciso que apareciese nada menos que el señor jefe de personal para hacer saber a la familia que la importancia de tan tremebundo asunto exigía su intervención? Y Gregorio, excitado por estos pensamientos, se precipitó enérgicamente al suelo. Se oyó un golpe apagado, que no produjo un estrépito excesivo. La alfombra hizo de paragolpes, y la espalda demostró tener más resistencia de lo que Gregorio suponía. Todo contribuyó a que el golpe no resultase tan trágico como se temía. Pero olvidó mantener bastante alta la cabeza; se la hirió, y el dolor le hizo frotársela furiosamente contra la alfombra.

Ha pasado algo dentro de esa habitación —dijo el jefe de personal en la habitación contigua. Gregorio intentó consolarse imaginando que pudiese pasarle al jefe de personal lo mismo que a él, lo que podía estar dentro de lo posible. Pero este, como chafando su suposición, empezó a andar por la habitación vecina, pisando fuertemente y haciendo chirriar el charol de sus botas. Como un susurro, le llegó desde la habitación contigua de la derecha la voz de su hermana dándole la noticia:

—Gregorio, ha llegado el jefe de personal.

—Ya lo he oído —replicó Gregorio para sí mismo. Pero no se atrevió a elevar la voz, ni tan siquiera para que pudiese oírlo su hermana.

—Gregorio —sonó por fin la voz del padre desde la habitación de la izquierda—. Está aquí el señor jefe de personal, y nos pregunta por qué no saliste en el primer tren. No sabemos qué decirle. Quiere también hablar personalmente contigo. Abre la puerta. El señor jefe de personal nos disculpará por el desorden del cuarto.

—¡Buenos días, señor Samsa! —exclamó amablemente el jefe de personal.

—No debe estar bien —dijo la madre dirigiéndose a este, en tanto que el padre persistía hablando junto a la puerta—. No debe sentirse bien, estoy segura, señor jefe de personal. Si no, ¿cómo podía Gregorio perder el tren? Si no piensa en otra cosa que no sea su trabajo. ¡Si incluso no me gusta que no salga ninguna noche! Por ejemplo, ahora lleva aquí casi una semana; y como le digo. ¡No ha salido ni una noche de casa! Se sienta con todos nosotros alrededor de la mesa, lee su periódico en silencio o se prepara los próximos itinerarios. Su único entretenimiento es hacer pequeños trabajos de carpintería. En dos o tres veces ha hecho un marquito. Es muy bonito, ya lo verá usted. Está colgado en la pared de su dormitorio. Enseguida podrá verlo, en cuanto abra la puerta. Además, me alegra que haya usted venido, pues a nosotros solos nunca nos hubiese hecho caso de abrir la puerta. ¡Es muy terco! Estoy segura de que no está bien, aunque antes dijo que sí.

Enseguida voy —dijo muy lentamente Gregorio, quieto y atento para no perder palabra de lo que se hablaba fuera.

—La única explicación es que no se sienta bien, señora —repuso el jefe de personal—. Confío que no sea nada importante. Pero me veo obligado a manifestar que nosotros, la gente del comercio, lamentablemente o afortunadamente, según como se mire, no tenemos más solución que soportar con frecuencia ligeros malestares, dando preferencia a los negocios.

—¿Pero —dijo el padre, perdiendo la paciencia y volviendo a golpear la puerta— puede pasar ya el señor jefe de personal?

—No —fue la respuesta de Gregorio.

En la habitación de la izquierda se hizo un silencio cargado de tristeza, mientras en la de la derecha se oyeron los gemidos de la hermana.

¿Por qué razón no se reunía con el resto de la familia? La verdad es que se había levantado hacía un rato y estaba todavía sin vestir. ¿Por qué lloraba así? Quizá porque el hermano no se levantaba y no dejaba entrar al jefe de personal, poniéndose en peligro de perder su empleo. Si eso ocurriese, el jefe volvería a torturar a sus padres con las deudas antiguas. Por el momento no había lugar a esas preocupaciones. Gregorio seguía allí, y no le pasaba por la cabeza dejar a su familia. Estaba por ahora encima de la alfombra, y cualquiera que supiese el estado en que se hallaba, no se le hubiera ocurrido pensar que podía dejar entrar al jefe de personal en su habitación. Pero esa mínima falta de cortesía, que sin duda se apresuraría a explicar después convincentemente, no constituía una falta que justificase un despido inmediato. A Gregorio se le ocurrió que lo mejor que podían hacer, en lugar de importunarlo con lloros y soflamas, era dejarlo tranquilo. Pero la perplejidad en que se encontraba con respecto a sí mismo era precisamente lo que espoleaba a los demás, justificando su actitud.

—Señor Samsa —habló por fin el jefe de personal con tono altisonante—. ¿Qué quiere decir todo esto? Se ha encastillado usted en la habitación. Apenas contesta. Preocupa usted gravemente, y quizá sin causa, a sus padres, y para no ocultarlo más está incumpliendo gravemente sus obligaciones laborales. Me permito dirigirme a usted en nombre de sus padres y de su jefe, y lo conmino a que se explique inmediatamente y con toda claridad. No salgo de mi asombro. Lo consideraba un hombre serio y discreto, y parecería ahora como si quisiese hacer un alarde inaudito de insensatez. Quizá lo explique lo que el jefe me comentó esta mañana referente al cobro que le encargó que hiciese efectivo usted anoche, pero yo aseguré con vehemencia que esa no podía ser ni remotamente la razón. Pero ahora, ante semejante empecinamiento, pierdo todo interés en continuar ocupándome de usted. Su postura se torna muy incierta. Mi propósito era informarle a solas, pero como parece que se complace usted en hacerme perder lamentablemente mi tiempo, no hay ya ninguna razón para ser discreto y evitar que lo sepan sus padres. El caso es que en los últimos meses su trabajo ha empeorado ostensiblemente. Verdad es que estamos atravesando una época difícil para los negocios. Somos los primeros en aceptarlo. Pero, señor Samsa, esto no justifica que dejemos de trabajar con toda energía para ponerlos en marcha.

—Señor jefe de personal —gritó Gregorio, perdiendo completamente la calma y olvidando por la excitación todo lo demás—. Enseguida voy. Estoy dentro de un instante. Un leve malestar, un mareo impidieron que me levantase. Aún estoy en la cama. Pero ya estoy mejor. Me levanto inmediatamente. ¡Tendrá que esperar un momento! No estoy tan bien como quisiera. Bueno, creo que estoy algo mejor. ¡No entiendo qué pudo pasarme! Ayer por la tarde me encontraba perfectamente bien. Mis padres son testigos de ello. Aunque pensándolo bien, ayer tuve un mal presentimiento. ¿Es raro que nadie se haya dado cuenta? Debería haberlo dicho en la tienda. Pensé con optimismo que sería una indisposición ligera que podría superar sin faltar a mis obligaciones. ¡Señor jefe de personal, sea comprensivo con mis padres! No veo justificados los cargos que me ha hecho usted ahora. Nunca me habían dado ninguna queja de mi trabajo. Seguramente no está usted al tanto de los últimos pedidos que he pasado. Pienso salir en el tren de las ocho. Creo que este par de horas de descanso me ha repuesto. No es necesario que pierda usted más tiempo, señor jefe de personal. Enseguida salgo para la tienda. Le agradeceré que lo explique allí y presente mis respetos al señor jefe.

Y mientras atropelladamente lanzaba este discurso, sin darse mucha cuenta de todo lo que decía, con la práctica aprendida en la cama, pudo aproximarse sin grandes dificultades al baúl y trató de enderezarse apoyándose en este. Tenía el propósito de abrir la puerta y darse a ver por el jefe de personal para hablar con él. Tenía curiosidad por saber cuál sería la reacción cuando apareciese ante los que tanto interés ponían en verlo. Si llegaban a alarmarse, entonces no sería suya la responsabilidad y nada tenía que temer. En el caso contrario, quedaba libre de todo problema y podía, apresurándose mucho, estar a las ocho en la estación.

Hizo varios intentos de incorporarse, pero resbaló en las lisas paredes del baúl; por último, un brinco más fuerte lo colocó de pie. Seguían sus dolores en el vientre, todavía muy intensos, pero no se preocupó. Se apoyó contra el respaldo de una silla, asiéndose con sus patas a los bordes. Pudo recobrar el dominio de sí mismo, y permaneció en silencio para oír al jefe de personal.

—¿Han podido ustedes entender algo de lo que ha dicho? ¿No simulará estar loco? ¡Pero Dios mío! —agregó la madre sollozando—. Quizá se sienta mal, y nosotros lo estamos atormentando.

Y después llamó:

—¡Grete! ¡Grete!

—¿Qué quieres, madre? —respondió la hermana desde el otro lado de la habitación de Gregorio, a través de la cual se hablaban.

—Vete enseguida a buscar al médico. Tu hermano está enfermo. Vete rápida. ¿Has notado el tono de su voz?

Era la voz de un animal, que hablaba muy bajo, en contraste con los gritos que profería la madre.

—Ana, Ana —gritó el padre, mirando hacia la cocina a través del vestíbulo y golpeando con las manos—. Salga enseguida a avisar al cerrajero.

Luego pudo oírse por el vestíbulo el ruido de las faldas de ambas, corriendo hacia la puerta. Se oyó la puerta del piso que se abría violentamente, aunque no se oyó ningún portazo al cerrarse. Seguramente se dejaron la puerta abierta, como pasa a veces en las casas que ha ocurrido una desgracia.

No obstante, Gregorio se encontraba ya más sereno. Verdad es que sus palabras no resultaban inteligibles, pese a que a él le parecían sumamente claras, mucho más que al principio, pues su oído se iba haciendo a esos sonidos. Pero lo más importante, por el momento, era que los demás habían notado que algo inusitado le afectaba y se preparaban a prestarle ayuda. La determinación y entereza que se adivinaban en las primeras órdenes lo consolaron. Se vio nuevamente reintegrado al seno de la humanidad y aguardó a los dos, al médico y al cerrajero, distintamente capaces de acciones extraordinarias y benéficas. Y para prepararse a intervenir lo mejor posible en las conversaciones fundamentales que se producirían, carraspeó un poco, procurando hacerlo no muy fuerte, por miedo a que el ruido no resultase muy humano, lo que no estaba en disposición de distinguir.

Entre tanto, un silencio total imperaba en la habitación de al lado. Pensó que sus padres estarían sentados rodeando la mesa con el jefe de personal hablando en voz baja. O quizá estaban junto a la puerta con el oído pegado, tratando de oír algo.

Gregorio se desplazó con el sillón hasta la puerta. Cuando se situó allí, dejó el sillón y se mantuvo de pie, sujeto a esta, pegado por la humedad de sus patas. Descansó un momento por el cansancio ocasionado. Y después trató de hacer girar la llave usando su boca. Lamentablemente parecía carecer de lo que con rigor llamamos dientes. ¿Con qué podía, dada la falta de estos, asir la llave? Entonces usó sus mandíbulas, que parecían muy resistentes, con las cuales pudo poner la llave en movimiento, sin notar el daño que se ocasionaba, pues empezó a segregar de la boca un líquido oscuro, que chorreaba sobre la llave y caía sobre el suelo.

—Presten atención —dijo el jefe de personal—. Está tratando de abrir la puerta.

El oír estas palabras animó a Gregorio, pero pensó que todos: su padre, su madre, tendrían que haberle gritado:

—¡Adelante, Gregorio!

Sí, tendrían que haberle gritado:

—Adelante, no cejes. ¡Fuerte con la cerradura!

Y suponiendo la impaciencia con que estarían pendientes de su brega, mordió la llave con todas sus fuerzas, casi desvanecido ya. Mientras esta iba girando en la cerradura, se sostenía balanceándose en el aire, agarrado por la boca, y a medida que iba siendo preciso, agarrábase a la llave o la apretaba hacia abajo, echando todo el peso de su cuerpo. El ruido metálico de la cerradura, abriéndose al fin, le hizo recuperarse completamente.

«Menos mal —se dijo—. No ha sido necesario que venga el cerrajero.»

Golpeó el pestillo con la cabeza para terminar de abrir.

Ese modo de abrir la puerta fue el motivo de que, aunque ya completamente abierta, no se le viese aun. Tuvo que darse la vuelta primero, con todo cuidado, apoyándose en una de las hojas de la puerta, para evitar una caída repentina de espaldas en la entrada, y todavía estaba llevando a cabo esta difícil maniobra, cuando le llegó un «¡Oh!» del jefe de personal, que sonó como lo hace el bramido del viento, y pudo ver a dicho señor, que era el más próximo a la puerta, llevarse las manos a la cara y retirarse hacia atrás como empujado maquinalmente por una fuerza desconocida.

Su madre, que, pese a la presencia del jefe de personal, no había podido peinarse, estaba allí, con el pelo recogido en lo alto de la cabeza. Miró primero a Gregorio con las manos juntas, se adelantó luego dos pasos hacia él y se derrumbó por fin, en medio de sus faldas arremolinadas a su alrededor, con la cara escondida en las profundidades del pecho. El padre levantó el puño como amenaza, con expresión agresiva, como si quisiera arrojar a Gregorio contra el fondo de la habitación. Luego se volvió, salió con paso vacilante al vestíbulo, tapándose el rostro con las manos, y estalló a llorar de tal manera, que los sollozos sacudían su amplio pecho.

Gregorio, por consiguiente, no llegó a entrar en la habitación. Siguió en el interior de la suya, recostado sobre la hoja cerrada de la puerta, de forma que solo enseñaba la mitad superior del cuerpo, inclinando la cabeza de medio lado, examinando a los presentes. Mientras, la niebla se había ido disipando y en la acera de enfrente se divisaba claramente un pedazo del oscuro edificio opuesto. Era un hospital con su fachada uniforme interrumpida por ventanas simétricas. Seguía todavía lloviendo, pero en gotas aisladas, a las que se veía llegar diferenciadas al suelo. Sobre la mesa se veía la vajilla del desayuno, pues era esta la comida principal que hacía el padre durante el día, que se prolongaba hasta que terminaba de leer diversos periódicos. En la pared que estaba frente a Gregorio pendía un retrato de este, proveniente de su servicio militar, en el que se lo veía con uniforme de teniente, con una mano en la espalda, sonriendo desenfadadamente, con una expresión que parecía demandar respeto para su vestimenta y su actitud. Esa habitación comunicaba con el vestíbulo. Por la puerta abierta se veía la del piso, que también lo estaba, el rellano de la escalera y los primeros peldaños que llevaban a los pisos de abajo.

—Bueno —dijo Gregorio, persuadido de que era el único que permanecía sereno—. Me visto al instante, reúno el muestrario y salgo para la estación. ¿Espero que me dejen salir de viaje, no es así? Estará de acuerdo, señor jefe de personal, en que no soy tan terco y que me gusta trabajar. Cansa mucho viajar, pero ya me he acostumbrado a ello y puedo decir que me agrada. Pero ¿dónde se marcha usted, señor jefe de personal? ¿A la tienda? ¿Verdad? ¿Relatará usted los hechos como han ocurrido? Puede uno encontrarse momentáneamente disminuido para cumplir con su trabajo. Es el momento en que los jefes no deben olvidar la capacidad que uno ha demostrado y pensar que, pasada la dificultad, volverá al trabajo con las fuerzas acrecentadas y la decisión de ser más útil, si cabe. Como usted bien sabe, me siento muy obligado con mi jefe. También me debo a mis padres y a mi hermana. Verdad es que estoy en una situación nada cómoda, pero trabajando la superaré. Procure usted facilitarme las cosas. Colóquese ahora en mi punto de vista. No ignoro que no se tiene aprecio por los viajantes. Los demás suponen que ganan el dinero a chorros y que tienen una vida cómoda. Lamentablemente no se conoce ninguna razón válida para que se abandone este prejuicio. Aunque usted, señor jefe de personal, está bien al tanto de cuál es la realidad, más que los empleados corrientes inclusive, y entre nosotros, más que el mismo jefe, el cual, como propietario del negocio, suele equivocarse con respecto a sus empleados. Sabe usted perfectamente bien que el viajante, por permanecer casi todo su tiempo ausente de la oficina, da lugar a múltiples habladurías y es chivo expiatorio de coincidencias y quejas, sin base ninguna, contra las cuales se ve imposibilitado de defenderse, ya que casi nunca llegan a sus oídos, y solamente cuando vuelve deslomado de su viaje empieza a percibir con toda claridad los resultados negativos de una causa que ignora. Señor jefe de personal, le ruego que no se retire sin decirme que coincide usted conmigo por lo menos en algo.

Pero casi desde que empezó a hablar Gregorio, el jefe de personal había dado media vuelta, lo miraba de soslayo, visiblemente alarmado y con una mueca de repugnancia en la boca. Mientras Gregorio estaba hablando, no estuvo ni un instante en calma. Se colocó en la puerta, sin quitarle ojo de encima, pero muy despacio, como si alguna fuerza ignota no le dejase salir de aquella habitación. Por fin llegó al vestíbulo, y ante la rapidez con que levantó por última vez el pie del suelo, se diría que había pisado fuego. Extendió el brazo derecho hacia la escalera, como si pudiese encontrar allí providencialmente la libertad.

Gregorio entendió que no podía dejar salir al jefe de personal en tal estado de ánimo, ya que ello podía hacer peligrar su empleo. Es posible que no lo entendiesen sus padres tan bien como él, porque durante todos esos años habían concebido la quimera de que la posición que ocupaba Gregorio en aquella casa solo acabaría con su muerte; además con la situación presente y sus derivados quehaceres habían dejado de lado toda moderación. Por el contrario, Gregorio sabía perfectamente que no podía dejar irse así al jefe de personal. Tenía que calmarlo, persuadirlo, hacerlo propicio. En ello se jugaba el futuro de Gregorio y de su familia. ¡Si por lo menos estuviese ya la hermana! Era muy hábil. Ya había llorado cuando todavía Gregorio descansaba tranquilamente sobre su caparazón. Era muy probable que el jefe de personal, siempre solícito con el bello sexo, se hubiese dejado manejar por ella a su antojo. Hubiese cerrado la puerta del piso y habría disipado su susto allí mismo, en el vestíbulo.

Desgraciadamente no había vuelto la hermana, y tenía que solucionarlo él sin ayuda. Y sin detenerse a considerar que no conocía bien aún las posibilidades de movimiento de su nuevo estado, dejó la hoja de la puerta en que se apoyaba, se desplazó por la abertura que formaba con la otra, con el propósito de aproximarse al jefe de personal, que permanecía en actitud ridícula agarrado a la barandilla de la escalera. Pero la caída fue inmediata, aunque hizo vanos esfuerzos para sostenerse sobre sus numerosas y diminutas patas, suspirando un leve quejido.

Enseguida, y por primera vez en aquel día, se notó invadido por una sensación de placidez; las patitas, colocadas sobre el suelo, procuraban trasladarlo a donde deseaba ir, teniendo la impresión de que se había puesto punto final a sus padecimientos. Pero en el momento crítico en que Gregorio, a causa del movimiento reprimido, se balanceaba pegado al suelo, cerca y enfrente de su madre, esta, pese a parecer desmayada, dio repentinamente un salto y empezó a gritar, extendiendo un brazo y señalándolo con el dedo.

—¡Socorro! ¡Dios mío! ¡Auxilio!

Inclinó la cabeza para ver mejor a Gregorio, pero enseguida, como invalidando esta idea, se desplomó hacia atrás, cayendo como muerta sobre la mesa y, sin tener en cuenta que estaba todavía puesta, quedó sentada en ella, sin reparar que junto a sí el café se volcaba de la cafetera, cayendo en chorro sobre la alfombra.

—¡Madre! ¡Madre! —musitó Gregorio, mirándola de abajo arriba. Por un instante se borró de su mente el jefe de personal, y no pudo evitar, al ver el café derramado, que sus mandíbulas se abriesen y se cerrasen varias veces en el aire. Se produjo un nuevo chillido de la madre, que abandonó huyendo la mesa, para echarse en brazos del padre, quien salía a su encuentro. Pero ya no tenía tiempo Gregorio para seguir ocupándose de sus padres. El jefe de personal estaba ya en la escalera, apoyada la barbilla sobre la barandilla, dirigiendo una postrera mirada a aquella escena. Gregorio cobró impulso para procurar alcanzarlo, pero aquel se lo imaginó y salió disparado, no sin proferir antes unos gritos que resonaron en toda la escalera.

Para colmo de males, la huida del jefe de personal alteró por completo al padre. En vez de correr tras este para darle alcance, o al menos para dejar que lo hiciese Gregorio, asió con la diestra el bastón que el jefe de personal parecía haber olvidado, así como su sombrero y su abrigo, depositados en una silla, y empuñando con la otra mano un grueso periódico, que estaba encima de la mesa, propinó fuertes patadas en el suelo, enarbolando el papel y el bastón y haciendo replegarse a Gregorio hasta el fondo de su dormitorio. De nada valieron a este sus ruegos, que no fueron comprendidos, y pese a que volvió la cabeza gacha hacia su padre, solo consiguió hacerle aumentar su furioso pataleo.

Mientras tanto la madre, a pesar de lo inclemente del tiempo, había abierto una de las ventanas y, pronunciadamente inclinada hacia afuera, se tapaba la cara con ambas manos. Al juntarse el aire de la calle con el que entraba por la escalera, se generó una corriente muy fuerte. Se hincharon las cortinas de la ventana. Sobre la mesa cobraron movimiento los periódicos, y algunas hojas desprendidas revolotearon por el suelo. El padre, implacable, apresuraba la retirada con fieros bufidos. Gregorio carecía todavía de experiencia en andar hacia atrás, y la cosa iba muy lenta. ¡Si hubiera podido darse la vuelta! En un santiamén hubiera vuelto a su cuarto. Pero recelaba irritar más al padre con su tardanza en volverse. Este, con el bastón enarbolado, parecía decidido a romperle la crisma.

No le quedó más solución que volverse, pues notó irritado que andando hacia atrás le era de todo punto imposible mantener la dirección correcta. Sin cesar de mirar angustiado, empezó la vuelta, con la mayor rapidez que pudo, que resultó extraordinariamente lenta. Sin duda, el padre no dejó de notar su excelente intención, pues hizo un alto en su acoso, pilotando incluso a distancia con la punta del bastón la maniobra giratoria, acompañada de aquel implacable silbido. ¡Si por lo menos cesase! Esto era lo que desconcertaba a Gregorio.

Cuando ya estaba a punto de finalizar la vuelta, el bufido lo hizo errar, induciéndolo a retroceder un trecho. Al fin consiguió verse frente a la puerta. Pero entonces se dio cuenta que su cuerpo era excesivamente ancho para atravesarla como estaba. El padre, en el estado de ánimo en que se encontraba, no le presentó el simple recurso de abrir la otra hoja de la puerta para dejar el espacio que se requería.

Estaba dominado por una sola idea: la de que Gregorio debía introducirse con la mayor rapidez posible en su habitación. Pero asimismo no hubiera tolerado tampoco los premiosos preparativos que necesitaba Gregorio para levantarse y atravesar la puerta. Como si no hubiese para ello inconveniente ninguno, azuzaba hacia delante a Gregorio con un creciente estruendo. Este sentía tras sí una voz que nunca hubiera pensado que la emitiese un padre. ¡No estaba el horno para bollos! Gregorio, sin reparar en medios, se comprimió en el marco de la puerta. Se levantó de medio cuerpo. Quedó cruzado en el umbral, con su costado totalmente comprimido. En la pintura de la puerta se formaron unas manchas repugnantes. Se quedó allí atrancado, impedido por sí mismo de efectuar ningún movimiento. Las patitas de uno de los lados oscilaban en el aire y las del otro estaban penosamente apretujadas contra el suelo... En esta postura el padre le propinó un golpe contundente y liberador, que lo impulsó hasta el medio del cuarto, sangrando abundantemente. Después la puerta fue cerrada con el bastón y todo pareció tornar a la calma.

Estaba anocheciendo, cuando se despertó Gregorio de un sueño profundo, más parecido a un desmayo. No hubiera tardado mucho en despertarse por sí mismo, pues había ya dormido mucho, pero tuvo la impresión de que fue despertado por el murmullo de unos pasos sigilosos y el ruido de la puerta del vestíbulo cerrada suavemente. El reflejo del tranvía pintaba de manchas luminosas el techo de la habitación y la parte alta de los muebles; pero abajo, donde yacía Gregorio, imperaban las tinieblas.

Despacio, y todavía con indecisión, explorando con sus tentáculos, cuya utilidad ya había comprobado, se desplazó hacia la puerta para averiguar lo que había pasado. El lado izquierdo de su cuerpo era una extensa y repulsiva llaga. Caminaba cojeando, de modo alterno y acompasado, sobre cada una de sus dos hileras de patas. Además, una de estas, dañada en el accidente de la mañana —por un milagro las demás resultaron indemnes— se arrastraba sin movimiento.

Cuando llegó a la puerta, pudo comprender que le había atraído el color de algo comestible. Halló una escudilla, llena de leche con azúcar, en la que flotaban pequeños trozos de pan blanco. Se llenó de júbilo al verla, pues su hambre era mucho mayor que por la mañana. Enseguida hundió la cabeza hasta cerca de los ojos en el líquido; pero tuvo que levantarla defraudado, pues no eran solamente los destrozos del lado izquierdo lo que tornaba difícil la operación (para comer debía imprimir movimiento a todo el cuerpo), sino que además la leche, hasta ahora la bebida que más le gustaba —seguramente por eso la había puesto allí su hermana—, no le agradó en absoluto. Se separó casi asqueado del recipiente, y volvió a deslizarse hasta el centro de la habitación.

Por la rendija de la puerta observó que la luz estaba encendida en el comedor. Pero, en contraste con lo habitual, no se oía al padre leer en voz alta a la madre y a la hermana el periódico de la tarde. No se podía oír ningún ruido. Era posible que aquella costumbre a la que se refería siempre la hermana en sus cartas se hubiese extinguido últimamente. Pero el más completo silencio reinaba alrededor, y eso que seguramente la casa no estaba vacía. «¡Qué vida más apacible tiene mi familia!», pensó Gregorio. Y mientras sus miradas se perdían en la oscuridad, se sintió ufano de haber podido hacer disfrutar a sus padres y hermana de tan tranquila existencia en un marco tan agradable. Pero enseguida pensó atemorizado que aquel sosiego, aquel bienestar y aquel regocijo tocaban a su fin... Para no dejarse abatir por esos pensamientos, optó por fatigarse físicamente y empezó a arrastrarse por la habitación.

Durante el transcurso de la noche se entreabrió primero una de las hojas de la puerta, y más tarde la otra; seguramente alguien no se decidía a entrar. En vista de lo cual Gregorio se colocó frente a la misma puerta que comunicaba con el comedor, con el propósito de inducir a entrar al vacilante visitador, o por lo menos a saber de quién se trataba.

La puerta no volvió a abrirse y su espera fue estéril. Durante las primeras horas de la mañana, cuando la puerta estaba cerrada, todos habían tratado de entrar, y ahora que la puerta estaba abierta, igual que las otras durante el día, nadie quería entrar ya y las llaves quedaban puestas por fuera en sus cerraduras.

Era ya muy tarde cuando se apagó la luz del comedor. Por ello comprendió que sus padres y hermana habían estado levantados hasta entonces. Oyó que se alejaban de puntillas, procurando no hacer ruido. Hasta la mañana siguiente nadie entraría probablemente a verlo. Le sobraba tiempo para decidir, sin riesgo de ser molestado, qué curso debía dar en lo sucesivo a su vida. Aquella habitación, fría y de techo alto, le infundió temor, sin que pudiese explicarse la razón, ya que era su habitación, en la cual vivía hacía ya más de cinco años... Repentinamente, y algo avergonzado, se metió debajo del sofá, donde, a pesar de sentirse ligeramente comprimido por tener que permanecer con la cabeza baja, se sintió inmediatamente muy a gusto, lamentando solamente no poder entrar allí por completo a causa de su excesivo tamaño.

En ese lugar estuvo toda la noche, sumido a veces en una modorra, de la que se despertaba inquieto, atormentado por el hambre, y a veces por preocupaciones y esperanzas un tanto vagas, pero que desembocaban siempre en la necesidad de mantener la serenidad, de procurar que la familia aceptase con calma las inevitables molestias que su situación actual les ocasionaría.

Por la mañana, muy temprano —empezaba a hacerse de día—, se le presentó la ocasión de poner a prueba lo que había resuelto en la noche. Su hermana, casi vestida ya, entreabrió la puerta que comunicaba al vestíbulo y miró ansiosamente hacia el interior. No lo vio enseguida, pero luego lo descubrió debajo del sofá. En alguna parte tenía que estar, naturalmente! ¡No se iba a eclipsar! Se asustó hasta el punto que, sin lograr dominarse, tornó a cerrar la puerta. Pero enseguida se arrepintió de su reacción, volvió a abrir y entró casi de puntillas, como si lo hiciese en la habitación de un enfermo desahuciado o en la de una persona extraña. Gregorio, con la cabeza casi fuera del sofá, la espiaba. ¿Se daría cuenta de que no había probado la leche y deduciría que no era por falta de hambre? ¿Le llevaría para alimentarse algo más apropiado? Si ella no se daba cuenta por sí misma, él optaría por morirse de hambre, antes que hacérselo notar, aunque ardía en deseos de salir de debajo del sofá, de echarse a sus pies y rogarle que le trajese cualquier cosa adecuada para alimentarse. Pero la hermana, estupefacta, notó inmediatamente que el recipiente no había sido tocado. Solamente se había derramado un poco de leche. Se apresuró a retirar la escudilla, no con la mano, sino sirviéndose de un trapo, y se la llevó. Gregorio estaba sumamente impaciente por ver lo que le traería, haciendo al respecto numerosas y muy diversas suposiciones. Pero estaba muy lejos de pronosticar lo que la bondad de su hermana le preparaba. Con el propósito de conocer sus nuevos gustos, le llevó un amplio surtido de alimentos y los dispuso sobre unas hojas viejas de periódico. Se veían allí legumbres ya pasadas, a punto de descomposición, huesos sobrantes de la cena anterior, con salsa blanca cuajada; pasas y almendras, un mohoso trozo de queso, que dos días antes Gregorio consideró indigesto, un pedazo de pan duro, otro cubierto de mantequilla y sal. Agregó a esto la escudilla, que al parecer le quedaba adjudicada a él en forma definitiva, pero ahora llena de agua. Y por un sentimiento de pudor (pues suponía que Gregorio no empezaría a comer estando ella de testigo) se marchó enseguida y dio vuelta a la llave al salir, seguramente para darle a entender a Gregorio que podía proceder sin remilgos. Al dirigirse este a comer, sus patas emitieron una especie de zumbido. Además, los daños que había sufrido su cuerpo debían estar curados, porque ya no notaba ningún dolor. Esto le sorprendió bastante, ya que recordaba que hacía algo más de un mes se había cortado un dedo con un cuchillo y que el día anterior a los sucesos aún le dolía lo suyo. «¿Será que ha disminuido mi sensibilidad?», pensó, al tiempo que empezaba a chupar ávidamente el queso, que fue lo primero y lo que más intensamente le atrajo. Luego se precipitó, con lágrimas de júbilo en los ojos, sobre parte del resto y devoró el queso, las legumbres y su salsa. Por el contrario, rechazó los alimentos frescos. No podía tolerar su olor, hasta el extremo que arrastró lejos de allí los alimentos que comió.

Hacía ya un cierto tiempo que había dado fin a la comida. Se hallaba indolentemente echado en el mismo sitio, cuando la hermana, para insinuarle que debía retirarse, hizo un ruido con la llave. Pese a que estaba casi dormido, Gregorio se alarmó y apresuró a esconderse otra vez debajo del sofá. Pero el continuar en aquella situación solamente el corto rato que la hermana permaneció allí le significó tener que apelar a un enorme esfuerzo de voluntad; de resultas de la opípara comida, había aumentado su volumen, y le era casi imposible respirar en aquel comprimido espacio. A punto de sofocarse, miraba con ojos un tanto desorbitados cómo su hermana, que ignoraba completamente sus apuros, barría con la escoba no únicamente los restos de la comida, sino incluso los alimentos que Gregorio no había ni tocado, como si fuesen restos no aprovechables. Y también observó cómo lo volcaba todo enérgicamente en un cubo, que cubrió luego con su correspondiente tapa, llevándoselo. Apenas cerró la puerta tras de sí, Gregorio se apresuró a abandonar su escondite, estirándose y respiran do aliviado.

Así tuvo Gregorio su comida cotidiana en lo sucesivo. La primera por la mañana, cuando todavía no se habían levantado sus padres ni la sirvienta, y la otra después del almuerzo, mientras los padres descabezaban un sueño y la criada estaba haciendo algún recado encomendado por la hermana. Estaba claro que su propósito era alimentarlo para que no pasase hambre, pero quizá les hubiese sido imposible presenciar sus comidas, y lo más presumible era que tuviesen una idea solamente por lo que les contaba la hermana. De esta manera, les evitaba un nuevo dolor que agregar a los que ya padecían.

Nunca pudo saber Gregorio de qué excusas pudieron valerse para prescindir aquella mañana de los servicios del médico y del cerrajero. Como le era imposible comunicarse con los demás, a nadie se le ocurrió pensar, ni incluso a su hermana, que estuviese en situación de comprender a los otros. No le quedaba otra cosa que hacer, cuando la hermana entraba en su habitación, que resignarse a oír sus quejidos y mencionar a toda la jerarquía celestial. Pasando el tiempo, y cuando ella fue acostumbrándose algo a la nueva situación (naturalmente, era imposible creer que se acostumbrara por completo), pudo Gregorio notar en ella un comentario amable, o por lo menos algo que podía interpretarse así.

—Hoy parece que le ha gustado —manifestaba cuando Gregorio había comido opíparamente; y cuando ocurría lo contrario, lo que sucedía cada vez con más frecuencia, acostumbraba a decir un tanto triste—: Parece que hoy no ha comido nada.

Pero pese a que a Gregorio no le llegaba en forma directa ninguna noticia, estuvo atento a lo que se ventilaba en las habitaciones vecinas, y en cuanto oía voces, se precipitaba hacia la puerta correspondiente al lado de donde procedían y se arrimaba a ella todo lo largo que era. En los primeros días todas las conversaciones aludían a él, pese a que lo hacían veladamente. Durante dos días se trató en todas las comidas la conducta que debía seguirse en el futuro. Pero, no obstante, fuera de las comidas se hablaba del mismo tema, dado que ninguno de los componentes de la familia deseaba quedarse solo en la casa, y como no querían tampoco dejar la casa sola, siempre permanecían allí al menos dos personas. Incluso el primer día la sirvienta —aunque ignoraba hasta dónde estaba al tanto de lo sucedido— le había implorado puesta de rodillas a la madre que la despidiese inmediatamente, y, al abandonar la casa quince minutos después manifestó su gratitud con los ojos llenos de lágrimas por la clemencia demostrada, y, sin habérselo pedido, se obligó con los más aparatosos juramentos a no hablar a nadie del asunto.

La hermana se vio obligada a ocuparse de la cocina, junto con la madre, lo que tampoco significaba mucho trabajo, pues ahora casi no se comía. Gregorio podía oírlos constantemente animarse unos a otros, sin resultado, a seguir comiendo, diciéndose recíprocamente: «No, gracias. Ya es suficiente», y otras fórmulas semejantes. También bebían mucho menos. Muchas veces preguntaba la hermana al padre si le apetecía cerveza, ofreciéndose ella misma a salir a buscarla. El padre permanecía en silencio, y entonces ella, para obligarlo, aclaraba que podía también mandar a la portera. Pero el padre terminaba con un «no» rotundo, que no daba lugar a discutir nada, y el asunto se zanjaba de inmediato.

Desde el primer día el padre informó a la familia de la situación real de la economía familiar y las posibilidades que les deparaba el porvenir. Con alguna frecuencia se levantaba de la mesa para buscar en su pequeña caja fuerte —sustraída de la quiebra cinco años antes— algún papel o libreta de anotaciones. Se podía oír el ruido de la enrevesada cerradura al abrirse o tornar a cerrarse, tras haber extraído el padre lo que necesitaba. Dichas explicaciones fueron la primera cosa agradable que pudo oír Gregorio desde su encierro.

Siempre había permanecido en la creencia de que su padre no había podido salvar nada del antiguo negocio. Por lo menos nunca había manifestado nada que permitiese suponer otra cosa. También es verdad que Gregorio nada le había preguntado al respecto. En aquel entonces, Gregorio solo había tratado de hacer todo lo que estuviese a su alcance para disponer de los medios que ayudasen a los suyos a salvar las consecuencias que había acarreado la quiebra mercantil que los llevó a todos a la más profunda desesperanza. Por ello había empezado a trabajar con tal tesón, pasando en corto tiempo de un dependiente más a todo un viajante de comercio, con sobradas posibilidades de ganar mucho más, y cuyos aciertos profesionales se manifestaban seguidamente bajo la forma de comisiones constantes y sonantes, colocadas sobre la mesa familiar, suscitando la admiración y júbilo de todos. Fueron tiempos magníficos y felices, no superados en magnificencia, aunque Gregorio llegó más adelante a ganar lo necesario para llevar por si solo todos los gastos de la casa. El hábito, lo mismo en la familia, que recibía reconocida el dinero de Gregorio, como por su parte, que lo hacía complacido, hizo que aquel júbilo inicial no volviese a repetirse con el mismo entusiasmo. Solamente la hermana se mantuvo ligada a Gregorio y como, en contraste con este, era fervorosamente aficionada a la música y tocaba el violín con mucho sentido, Gregorio alentaba la oculta esperanza de inscribirla al año siguiente en el conservatorio sin parar mientes en los gastos que necesariamente implicaba, los cuales trataría de compensar por otro lado. Durante los cortos espacios de tiempo que pasaban juntos, la palabra «conservatorio» se repetía abundantemente en las conversaciones con la hermana, pero siempre como concreción de un sueño inalcanzable, cuya realización no era imaginable. Con respecto a los padres, no veían con buenos ojos estos cándidos proyectos; no obstante, Gregorio los consideraba con toda seriedad, y había determinado declararlo ceremoniosamente la noche de Navidad.

Todo esto, que ya resultaba ocioso, pasaba por su cabeza, mientras estaba arrimado a la puerta, escuchando lo que se hablaba al lado. De vez en cuando el cansancio disminuía su atención y apoyaba fatigado su cabeza contra la puerta. Pero enseguida volvía a levantarla, ya que incluso el ligero ruido que producía este gesto suyo era percibido en la habitación vecina provocando un momentáneo silencio.

—¿Qué es lo que estará haciendo ahora? —se oía la voz del padre, que seguramente miraba hacia la puerta.

Luego, pasado un momento, se reiniciaba la conversación suspendida.

Así se enteró Gregorio, con evidente alegría —el padre reiteraba y remachaba sus explicaciones, obligado en parte porque hacía ya bastante tiempo que no se ocupaba de estas cuestiones y porque él mismo carecía de soltura al considerarlas, y también por la dificultad de la madre para comprenderlas—, que, pese al desastre, aún restaba de la brillante situación anterior algún dinero. Verdaderamente no era mucho, pero en algo se había acrecentado en el tiempo transcurrido, merced a los intereses producidos e intocados. Por otra parte, del dinero que Gregorio aportaba mensualmente solo dejaba para sí una pequeña cantidad. No se gastaba todo, y había ido también alimentando un reducido capital. Al otro lado de la puerta, Gregorio asentía con la cabeza satisfecho de esta circunstancia no prevista. Verdad era que con ese dinero sobrante podría él haber cancelado poco a poco la cantidad que su padre debía al jefe y haberse liquidado la deuda mucho antes de lo que suponía; pero no cabía duda de que las cosas así dispuestas por su padre daban ahora un resultado óptimo.

Sin embargo, este dinero resultaba indudablemente insuficiente para hacer posible que pudiese la familia vivir de sus rentas; estirándolo mucho alcanzaría para vivir un año o dos a lo sumo. Pero más tiempo, de ninguna manera. Por consiguiente, lo más prudente era dejar este pequeño capital intacto, que podía sacarles de un apuro en caso de necesidad. Era necesario, para seguir tirando, continuar ganando dinero. Pero el problema estribaba en que su padre, aunque disfrutaba de buena salud, era ya un hombre viejo, y hacía cinco años que no desempeñaba ninguna actividad. No podían esperar mucho de él. En los últimos cinco años que habían puesto punto final a su vida de trabajo, terminada en un fracaso económico, había engordado mucho y se había puesto bastante torpe. ¿Entonces debería trabajar la madre, que sufría de asma, y a quien el solo hecho de andar por casa la agotaba? Hoy sí y mañana también se veía obligada a echarse en el sofá, intentando respirar mejor, con la ventana completamente abierta. ¿Entonces le correspondería a la hermana, todavía jovencita, con sus diecisiete años y con una existencia apetecible, dedicada a arreglarse y dormir todo lo que le apetecía, colaborar algo en las tareas domésticas, divertirse moderadamente y, lo más importante, dejar el violín?

Todas las veces que la conversación tocaba la necesidad de ganar dinero, Gregorio abandonaba la puerta y, abochornado por la lástima y la vergüenza, se echaba sobre el cuero fresco del sofá. Era frecuente que pasase allí la noche entera, sin poder dormir, pellizcando el cuero hora tras hora. Otras veces acometía el penoso trabajo de acercar una butaca a la ventana y, trepando por el alféizar, se quedaba de pie en el asiento, apoyándose en la ventana, enfrascado seguramente en sus recuerdos, pues siempre le había atraído mirar a través de aquella ventana.

Poco a poco divisaba más borrosamente las cosas más cercanas. El hospital de enfrente, cuya vista le hacía antaño renegar siempre, apenas lo veía ya, y si no supiera, sin ningún género de dudas, que habitaban una calle tranquila, aunque relativamente céntrica, hubiera podido creer que desde la ventana se divisaba un desierto en el cual la tierra y el cielo eran igualmente grises y monótonos.

En dos ocasiones pudo su hermana darse cuenta, pues siempre estaba pendiente, que colocaba la butaca junto a la ventana. Y al arreglar la habitación, ella misma la ponía siempre allí. E incluso dejaba abiertos los cristales interiores.

Si tan siquiera hubiera podido Gregorio charlar con su hermana; si le hubiese sido posible agradecerle todo el interés que demostraba por él, no le habrían remordido los trabajos que originaba. No tenía ninguna duda de que la hermana hacía todo lo que estaba a su alcance para aliviar lo penoso de su estado y, a medida que corría el tiempo, iba lográndolo mejor, como era de suponer. Y también Gregorio, con el transcurrir del tiempo, consideraba todo con mayor naturalidad.

Pero las entradas de la hermana constituían un suplicio para él. En cuanto estaba dentro, y sin preocuparse de cerrar nuevamente las puertas como al principio, para evitar a todos la vista del cuarto, se precipitaba directamente hacia la ventana y la abría bruscamente, como si estuviese próxima a asfixiarse, e incluso cuando hacía mucho frío se quedaba allí un tiempo respirando hondamente. Toda esta febril actividad alarmaba a Gregorio dos veces al día. Y él, aunque estaba seguro de que la hermana le habría ahorrado todos estos malestares si le hubiera sido posible estar allí con las ventanas cerradas, se refugiaba tembloroso debajo del sofá y no salía de allí mientras no terminaba la visita.

Un mes después de la metamorfosis de Gregorio, entró un día la hermana, que ya podía suponerse que no tenía motivo para sorprenderse del aspecto que Gregorio presentaba. Era más temprano que habitualmente, y vio a este mirando inmóvil por la ventana. No le hubiese extrañado demasiado a Gregorio que ella no entrase, pues en la actitud que estaba no le facilitaba abrir la ventana. Pero no sucedió solamente que no entró, sino que se echó para atrás y cerró la puerta. Alguien extraño a la situación hubiera pensado que Gregorio podía lanzarse sobre ella para atacarla. Gregorio, como siempre, se refugió enseguida debajo del sofá, y hasta el mediodía no volvió a ver entrar a su hermana, más inquieta de lo usual. Así le dio claramente a comprender que su aspecto continuaba siendo intolerable a la hermana, que lo sería siempre y que debería apelar a todo su valor para no salir huyendo cuando veía la pequeña parte del cuerpo que sobresalía debajo del sofá. Y para evitarle el espectáculo, colocó un día sobre su caparazón —trabajo que le costó más de cuatro horas— una manta que acomodó sobre este, de tal forma que lo cubriera completamente, para que la hermana no pudiera verlo por ningún resquicio.

Si ella no hubiese estado de acuerdo con esta medida, podría haberle quitado fácilmente la manta, pues no le era difícil darse cuenta de que no podía ser nada agradable para Gregorio incomunicarse de esa manera. Pero dejó las cosas como estaban, y al espiar, levantando la manta por un extremo con la cabeza para ver cuál era la reacción de la hermana, vio en ella una expresión de agradecimiento.

En las primeras semanas no parecieron los padres decididos a entrar a verlo. Pudo oírlos en varias ocasiones, encomiando la tarea de la hermana, cuando antes de estos acontecimientos la reprendían muchas veces por creerla, como se suele decir, una inútil. Pero a menudo la esperaban los dos ante la habitación de Gregorio, mientras la hermana estaba dentro arreglándola, y cuando aparecía le rogaban que les dijese cómo estaba exactamente la habitación, qué había comido Gregorio, qué actitud tenía y si era posible ver alguna mejoría en su estado.

Verdad es que la madre estaba dispuesta a visitar enseguida a Gregorio, pero se lo impidieron el padre y la hermana, dándole algunas razones que pudo oír Gregorio siguiéndolas atentamente, y con las cuales estuvo de completo acuerdo. Pero pasado un tiempo, fue necesario evitar por la fuerza que entrase, y se le oyó exclamar: «¡Quiero entrar a ver a Gregorio! ¡Mi pobre hijo! ¿No os dais cuenta que necesito verlo?». Gregorio llegó a pensar que quizá fuese prudente que dejasen entrar a su madre, no todos los días por supuesto, pero podía hacerlo una vez por semana. Ella estaba seguramente más preparada para comprender las cosas que la hermana, quien, pese a toda su decisión, no era más que una jovencita, que seguramente solo por su inconsciencia había asumido sobre sí una responsabilidad tan desagradable.

No pasaría mucho tiempo sin que se cumpliesen los deseos de Gregorio de poder ver a su madre. En el transcurso del día, y por consideración a sus padres, no se acercaba a la ventana para mirar. Aunque poco sitio tenía para arrastrarse en los dos metros cuadrados de suelo. Por las noches le resultaba cada vez más difícil descansar con tranquilidad. Muy pronto la comida dejó de ser una satisfacción, y así fue adquiriendo, para entretenerse, la costumbre de trepar zigzagueando por las paredes y el techo. Era en el techo precisamente donde se sentía más a sus anchas. Estar allí era muy diferente a permanecer tendido en el suelo. Respiraba perfectamente, y el cuerpo le temblaba por una leve vibración.

Pero ocurrió que Gregorio, casi dichoso y divertido a un tiempo, se desprendió del techo y, completamente asombrado, se precipitó contra el suelo. Como es fácil de suponer, su cuerpo se había hecho más resistente que antes, y, a pesar de la fuerza del golpe, no sufrió ningún daño.

A la hermana, que había notado las nuevas capacidades de Gregorio, quizá por dejar en un sitio y en otro, cuando trepaba, rastros de su babilla, se le ocurrió enseguida facilitar todo lo posible sus nuevas dotes quitando los muebles que lo dificultaban, sobre todo el baúl y la mesa de escribir. Pero era una tarea imposible de realizar sin ayuda; y no se atrevió a recurrir al padre. Tampoco se podía apelar a la sirvienta, pues esta, una señorita que rondaba los sesenta, pese a que había mostrado gran valor después que se despidió su antecesora, había pedido como condición indispensable que pudiera tener siempre cerrada la puerta de la cocina y abrirla solamente cuando fuese requerida. No quedaba más recurso que recabar la ayuda de la madre, no estando en casa el padre.

La madre se prestó contentísima. Pero enmudeció al llegar a la puerta. La hermana comprobó que todo estaba en orden, y luego le permitió pasar. Gregorio había puesto buen cuidado en arreglar convenientemente la manta, formando numerosos pliegues, poniendo más cuidado que de costumbre. Parecía que hubiese sido arrojada allí casualmente. Tomó esta vez la precaución de no atisbar por debajo. Prescindió de ver a su madre, feliz de que por fin ella estuviese allí.

—Puedes entrar. Ahora no se le ve —se oyó la voz de la hermana, que seguramente la conducía de la mano. Y desde su escondite oyó Gregorio cómo las dos endebles mujeres movían de su sitio aquel antiguo y pesado baúl, y cómo la hermana, siempre bien dispuesta, apechugaba con la parte más dura del trabajo, sin prestar atención a las recomendaciones de la madre para que no se agotase en extremo.

La operación fue larga; después de quince minutos, la madre comenzó a flaquear, aduciendo que era mejor dejar el baúl en su sitio, ya que era excesivamente pesado y no podrían cambiarlo antes de que llegase el padre, y, si se quedaba en medio del cuarto, impediría el paso a Gregorio. Tampoco podían estar seguras si era del agrado de este que se quitasen los muebles. Ella creía naturalmente que sería todo lo contrario. Le entristecería ver la habitación desmantelada. ¿Es que no había de tener Gregorio esa impresión, estando acostumbrado desde años a los muebles de su cuarto? ¿Cómo podría decirse que no se encontraría desamparado en la habitación vacía?

—¿No pensaría entonces —prosiguió hablando con un hilo de voz, casi un murmullo, como si quisiera evitar a Gregorio, aunque no sabía dónde se ocultaba, hasta el sonido de su voz, ya que estaba convencida de que no podía comprender las palabras— que el sacar los muebles significa que abandonamos toda posibilidad de mejoría y que lo dejamos sin más consideraciones librado a su suerte? Me parece mejor dejar todo como se encontraba. Así, cuando Gregorio vuelva nuevamente a estar con nosotros, encontrará que nada ha variado y le será más fácil olvidar este periodo.

Al oír las palabras de la madre, se le hizo patente a Gregorio que la carencia de toda relación humana inmediata, aunada con la monotonía de la vida que hacía entre los suyos, debían haber afectado gravemente a su inteligencia en aquellos dos meses últimos, ya que de otra manera no podía explicarse que por un momento hubiese querido ver vacía su habitación.

¿Pero quería verdaderamente que se desmantelase su entrañable habitación, cómoda e instalada con sus muebles familiares, convirtiéndola en un desierto, en la cual hubiera podido trepar por todas partes, sin ningún obstáculo, pero por ello hubiera perdido de manera rápida y completa su anterior condición humana?

Estaba ya en camino de olvidarla enseguida, y solamente le había perturbado la voz de la madre, que no oía hacía mucho tiempo ya. No. Nada debía ser cambiado. Debía seguir todo igual. No podía desdeñar la influencia benéfica que los muebles producían sobre él, y aunque impedían su libertad de movimientos, esto debía ser visto, con buen criterio, como una limitación positiva.

Lamentablemente, no era esta la opinión de la hermana, y como se tenía —no sin fundamento— como experta para proceder ante los padres en todo lo que con Gregorio se relacionaba, le bastó la idea manifestada por la madre para persistir y proclamar que, además del baúl y la mesa, que eran los que inicialmente se había pensado quitar, se debía también hacerlo con el resto de los muebles, a excepción del imprescindible sofá.

Estos propósitos no obedecían a una mera tozudez juvenil y a la confianza en sí misma, tan súbita y difícilmente lograda en los últimos tiempos. Respondían también al hecho de haber observado que Gregorio, además de requerir mucho espacio para arrastrarse y trepar, no hacia ningún uso de los muebles, y quizá también, con el énfasis natural en las muchachas de sus años, se condujo ocultamente por el deseo de magnificar lo terrorífico de la situación de Gregorio con el fin de aparecer más imprescindible para él de lo que era, pues en una habitación en la que Gregorio hubiese estado totalmente solo entre las desnudas paredes, era probable que nadie se atreviese a entrar exceptuando a Grete.

Fue de todo punto imposible para la madre disuadirla de su proyecto, y como se sentía inquieta en aquella habitación, se abstuvo de comentarios críticos y echó una mano a la hermana con toda energía para sacar el baúl. Mejor el cofre, que no lo necesitaría Gregorio, aunque la mesa debía seguir en su lugar. En cuanto las dos mujeres, jadeando por el esfuerzo, salieron con el cofre, emergió la cabeza de Gregorio de su escondite, tratando de intervenir con el mayor cuidado y de la manera más discreta posible. Pero la fatalidad hizo que fuese la madre la primera en volver, en tanto que Grete, en la habitación contigua, seguía aferrada al cofre, sacudiéndolo de un lado para otro, pero sin poder cambiarlo de lugar. La madre no estaba habituada a la contemplación de Gregorio. Podía afectar a su salud su repentina presencia, y por ello Gregorio, alarmado, se retiró rápidamente al extremo opuesto del sofá, pero no lo suficientemente ligero como para impedir que la manta que lo ocultaba se moviese algo, lo que bastó para sobresaltar a la madre. Esta se detuvo bruscamente, quedó un momento indecisa, y retornó junto a Grete.

Pese a que se decía constantemente que los cambios no significarían mucho y que solamente unos muebles mudarían de lugar, no pudo evitar emocionarse cuando él mismo se dio cuenta del sentido de todo aquel movimiento, el ir y venir de ambas, las recomendaciones que se hacían entre sí cuando algún mueble rayaba el suelo. Encogiéndose todo lo posible la cabeza y las piernas, y pegando el vientre contra el piso, hubo de admitir, ya sin cortapisas de ningún tipo, que no podría aguantar mucho más.

Le desmantelaban su habitación, lo separaban de lo que amaba, ya habían trasladado el baúl que contenía la sierra y sus otras herramientas, ya empezaban a mover aquella mesa fuertemente adherida al suelo y sobre la cual, cuando estudiaba la carrera de comercio, cuando cursaba el bachillerato e incluso cuando iba a la escuela, había escrito sus ejercicios... Así era. No hacía falta perder más tiempo para informarse de los excelentes propósitos de las dos mujeres, cuya presencia casi había olvidado, ya que, agotadas por el esfuerzo, trabajaban en completo silencio y no se oía más que el roce de sus pasos cansados.

Y así —al mismo tiempo que las mujeres en la habitación vecina se apoyaban un momento en la mesa de trabajo para recobrar fuerzas— salió de repente de su escondrijo, variando hasta cuatro veces la dirección de su marcha. Vacilaba en verdad adónde dirigirse primero. Entonces atrajo su atención, en la pared ya desnuda, el cuadro de la dama cubierta de pieles. Trepó apresuradamente hasta allí y se aferró al cristal, cuyo contacto alivió el ardor de su vientre. Por lo menos esta estampa que él ocultaba ahora completamente, no se la dejaría arrebatar. Y volvió la cabeza hacia el comedor para ver a las mujeres cuando entrasen otra vez.

Verdaderamente estas no habían concedido mucho tiempo al descanso. Allí estaban otra vez, pasándole Grete a la madre el brazo alrededor de la cintura para ayudarle a sostenerse.

—¿Qué nos llevamos ahora? —exclamó Grete, mirando a su alrededor.

Entonces su mirada se encontró con la de Gregorio, pegado a la pared. Grete se controló, pero ante la presencia de la madre, se volvió hacia ella, procurando ocultarle la vista de lo que había en la pared, y, turbada y vacilante, le dijo:

—Vámonos. Creo que es mejor que nos vayamos un rato al comedor.

La intención de Grete fue clara para Gregorio; primero poner a cubierto a la madre y después echarlo abajo de la pared. Veríamos. ¡Que lo intentase de alguna manera! Él seguiría aferrado a su cuadro, y no lo abandonaría. Antes que eso se arrojaría a la cara de Grete.

Pero la invitación de Grete solo consiguió alarmar a la madre. Esta miró a su alrededor. Descubrió aquella enorme mancha oscura sobre el papel floreado de la pared, y, sin haberse dado cuenta de que aquello era Gregorio, gritó con voz penetrante:

—¡Ay Dios mío! ¡Ay Dios mío!

Y se dejó caer sobre el sofá, con los brazos abiertos, como si le faltasen las fuerzas, permaneciendo allí sin hacer un solo movimiento.

—¡Cuidado, Gregorio! —chilló la hermana, amenazándolo con el puño y echando fuego por los ojos.

Estas fueron las primeras palabras que le dirigía de manera directa desde la metamorfosis. Luego se fue al comedor, buscando algo que darle a la madre para reanimarla.

El propósito inmediato de Gregorio fue ayudarle. Habría ocasión aún para salvar el cuadro, pero se encontraba pegado al cristal, y tuvo que hacer un violento esfuerzo para soltarse. Una vez en el suelo corrió a la habitación vecina, como si todavía pudiese, como antaño, aconsejar a la hermana. Pero tuvo que conformarse con quedarse quieto detrás de ella.

La hermana, mientras tanto, rebuscaba entre varios frascos. Al volverse, se asustó, y se le cayó de las manos uno de estos, que se rompió, y una esquirla se clavó en la cara de Gregorio, chorreándole un líquido cáustico. Pero Grete, sin fijarse más, tomó todos los frascos que pudo llevar y entró en el cuarto de Gregorio, cerrando la puerta de una patada. Gregorio quedó así completamente aislado de la madre, quien, tal vez por su culpa, estaba en grave riesgo. Entre tanto no podía abrir la puerta, si no quería asustar a la hermana, cuya ayuda era imprescindible para la madre. No podía hacer más que esperar.

Atormentado por los remordimientos y lleno de zozobra, empezó a trepar por las paredes, el techo y los muebles; por fin, cuando la habitación comenzaba a girar a su alrededor, se precipitó angustiado sobre la mesa.

Pasaron unos minutos mientras estaba allí agotado. Le rodeaba el silencio, lo que verdaderamente constituía un buen síntoma. En eso llamaron a la puerta. La criada permanecía encerrada en la cocina, y salió a abrir Grete. Era el padre.

—¿Qué ha pasado aquí?

Fueron estas sus primeras palabras. La cara de Grete le descubrió todo.

Se echó contra el pecho del padre, y, con voz grave, le dijo:

—Madre ha tenido un desvanecimiento. Ya se encuentra mejor. Gregorio ha huido.

—Lo suponía —contestó el padre—. Siempre os lo advertí, pero las mujeres jamás queréis hacer caso.

Gregorio entendió que el padre, al enterarse de lo que le contaba Grete tan repentinamente, se figuraba equivocadamente que él había perpetrado un acto de violencia. Era, por consiguiente, necesario calmar al padre, ya que carecía de tiempo y de recursos para deshacer tal opinión. Se avalanzó hacia la puerta de su habitación, pegándose a ella, a fin de que, cuando entrase el padre, no tuviese la menor duda de que el propósito de Gregorio era reintegrarse inmediatamente a su cuarto y que no era necesario echarlo hacia dentro, sino que simplemente con abrir la puerta bastaba para que entrase sin dilación.

Pero el humor del padre era el menos adecuado posible para captar estas insinuaciones.

—¡Con que esas tenemos! —exclamó, al entrar, con voz furibunda y triunfante a la vez. Gregorio separó la cabeza de la puerta y la volvió hacia su padre. Por primera vez podía verlo su padre en su nuevo estado. Por otra parte, en los últimos tiempos, dedicado por completo a su nuevo aprendizaje de arrastrarse y trepar por doquier, se había desentendido completamente de lo que ocurría en el resto de la casa, y, por ello, debía haberse prevenido para aceptar los grandes cambios acaecidos.

Pero aun así, ¿era aquel su padre? ¿Era posible que fuese el mismo hombre que antes, cuando Gregorio se aprestaba a realizar un viaje de trabajo, lo despedía fatigado en la cama? ¿El mismo hombre que, al volver a casa, le recibía en bata, hundido en su butaca, y que, sin poder siquiera levantarse, se limitába a levantar los brazos en ademán de alegría? ¿El mismo hombre que se desplazaba envuelto en su raído abrigo y que se apoyaba en su bastón las pocas veces que salía la familia algún domingo, o un día de fiesta, caminando entre Gregorio y la madre, que andaban despacio, pero que disminuían entonces más el paso, y, cuando quería decir algo, se veía obligado a detenerse, pues la fatiga le impedía andar y hablar a un tiempo, obligando a los otros a formar corro a su alrededor?

¡Pero qué cambio! Ahora aparecía firme y erguido, embutido en un solemne uniforme azul con botones dorados, como el que suelen llevar los ordenanzas de los bancos. Sobre el cuello alto se derramaba la papada; sombreados por las pobladas cejas, los ojos oscuros destellaban con una mirada vigilante y bizarra, y el pelo blanco, hasta entonces siempre revuelto, se veía brillante y simétricamente dividido por una raya perfecta.

Tiró sobre el sofá la gorra, que exhibía un monograma dorado, seguramente de algún banco, y, describiendo una curva, atravesó la habitación, con dirección a Gregorio, con cara que no presagiaba nada bueno, con las manos en los bolsillos del pantalón, y los largos faldones de su levita de uniforme oscilaron hacia atrás. Probablemente no sabía todavía qué hacer, pero levantó los pies a una altura desacostumbrada, y Gregorio quedó sorprendido de las descomunales proporciones de sus suelas. No obstante, esta actitud no le preocupó excesivamente, pues no ignoraba que, desde el primer día de su nueva existencia, había adoptado frente a él una actitud de extremada severidad. Empezó a correr delante de su progenitor, se detenía cuando este, y reanudaba la huida al menor movimiento de su perseguidor.

De esta forma dieron varias vueltas a la habitación, sin ocurrir nada definitivo. Incluso sin que, debido a las largas interrupciones, aparentase ser una persecución. Gregorio no se decidió a separarse del suelo. Lamentaría sobre todo que el padre considerase su huida por el techo y las paredes como un cúmulo de maldad.

Pero no necesitó mucho Gregorio para darse cuenta que en aquella carrera llevaba todas las de perder, ya que mientras su padre daba un paso, él se veía obligado a ejecutar innumerables movimientos, y notaba que se sofocaba. La verdad es que tampoco en su anterior estado podría decirse que sus pulmones respondiesen a la perfección. Vaciló un poco, intentando reunir todas sus fuerzas para reiniciar otra vez la huida. Le costaba mantener abiertos los ojos. En su zozobra, no se le ocurría que podía tener otro medio de salvación que no fuese correr, y había casi olvidado que estaban las paredes y el techo completamente libres a su disposición; aunque estaban totalmente llenas de muebles, cuidadosamente tallados, amenazando peligrosamente con sus ángulos y picos...

De repente, algo certeramente disparado cayó y rodó junto a él. Era una manzana, a la que no tardó en seguir otra cosa. Se detuvo asustado, sin hacer el menor movimiento. De nada servía seguir huyendo, pues el padre había apelado a aquellos proyectiles. Se había provisto con el contenido del frutero que estaba sobre el aparador, y disparaba manzana tras manzana, aunque afortunadamente por ahora sin hacer blanco.

Al fin, una le acertó de lleno. Intentó escapar, como si aquel insoportable dolor pudiese aliviarse al mudar de lugar, pero sintió que le clavaban al lugar en que se encontraba, y cayó allí despatarrado, sin noción ninguna de lo que pasaba a su alrededor.

Su última mirada le sirvió aún para ver que se abría bruscamente la puerta de su habitación y aparecía su madre en camisón —Grete la había desvestido para hacerla volver en sí—, seguida por la hermana que gritaba, lanzándose hacia el padre y perdiendo en la carrera varias prendas interiores, para después de enredarse en estas, caer en los brazos del padre, apretándose fuertemente contra él.

Y con la vista ya desvanecida, sintió por último que la madre, con las manos cruzadas en la nuca del padre, le imploraba que perdonase la vida del hijo.

Aquella dolorosa herida tardó más de un mes en curar —no se atrevió nadie a quitarle la manzana, que quedó incrustada en su cuerpo, como testimonio indudable de los acontecimientos—, e incluso recordaba al padre que Gregorio, a pesar de lo repugnante y tenebroso de su nuevo aspecto, formaba parte de la familia y no podía tratársele como a un adversario, sino todo lo contrario: estaban obligados a tener con él todo tipo de respetos, constituyendo un deber elemental de la familia superar la repugnancia que pudiera inspirarles.

Gregorio, por lo que a él se refería, aunque debido a su herida había perdido, seguramente en forma definitiva, gran parte de su capacidad de movimiento; aun cuando necesitaba ahora un tiempo casi interminable para atravesar la habitación —trepar por techos y paredes ya pertenecía al pasado—, tuvo en aquel empeoramiento de su situación una compensación: por las tardes, la puerta del comedor, de la cual estaba ya pendiente una o dos horas antes, era abierta, mientras él, echado en el cuarto, en la oscuridad, no visible para los demás, podía ver a la familia alrededor de la mesa iluminada y enterarse de sus conversaciones, con la aprobación de todos, vale decir de una manera distinta. Verdad es que estas conversaciones nada tenían que ver con aquellas charlas vivas de tiempos anteriores, que Gregorio rememoraba en las estrechas habitaciones de las fondas, y en las que pensaba con intenso anhelo al acostarse cansado sobre las húmedas sábanas del lecho extraño. Ahora, generalmente, la conversación se mantenía lánguida y triste. Tras acabar de cenar, el padre se quedaba dormido en su sillón, y la hermana y la madre se encomendaban mutuamente silencio. La madre, junto a la luz, cosía ropa blanca de calidad para una tienda, y la hermana, que estaba trabajando como dependienta, estudiaba por la noche taquigrafía y francés, con el deseo de mejorar de empleo. A veces se despertaba el padre, y, como si no se hubiese dormido, reanudaba la conversación y le decía a la madre: «Coses mucho todos los días». Luego regresaba al sueño inmediatamente, mientras la madre y la hermana, agotadas por el esfuerzo, intercambiaban una sonrisa.

El padre se oponía firmemente a quitarse, incluso en la casa, su uniforme de ordenanza. Y mientras la bata, ahora inútil, colgaba de la percha, dormitaba completamente uniformado, como si estuviese siempre a punto de prestar servicio o aguardase oír en su casa la voz de mando de alguno de los jefes. El uniforme, que ya al comienzo no era nuevo, perdió irremisiblemente su buen aspecto, pese a los cuidados de la madre y la hermana. Y con frecuencia, Gregorio se quedaba durante horas con la mirada clavada en ese traje brillante por el uso, pero con los dorados botones siempre resplandecientes. Enfundado en él dormía el padre, sin duda muy incómodo, pero también tranquilo.

Cuando daban las diez, la madre procuraba despertar al padre, recomendándole dulcemente que se acostase, intentando persuadirlo de que lo que hacía no era en verdad dormir, lo que requería su salud, pues tenía que levantarse a las seis para empezar su trabajo. Pero el padre, con la terquedad que le caracterizaba desde que era ordenanza, insistía en quedarse más tiempo allí, pese a que terminaba siempre dormido, resultando penoso tener que moverse del sillón a la cama. Haciendo caso omiso de las recomendaciones de la madre y la hermana, continuaba en su sitio, con los ojos cerrados, cabeceando cada cierto tiempo, sin levantarse. La madre optaba por tirarle un poco de la manta, hablándole cariñosamente al oído; la hermana dejaba su tarea para ayudar a la madre.. Pero era todo inútil, pues el padre se recostaba más hondo en su sillón y seguía con los ojos pegados, hasta que las dos mujeres lo asían por debajo de los brazos. Entonces las miraba a las dos, y acostumbraba a exclamar:

—¡Menuda vida! ¡Este es el descanso que me esperaba en mis últimos años!

—Y dificultosamente, como si no pudiese con tan pesada carga, se incorporaba, apoyado en la madre y la hermana, dejándose conducir de esta forma hasta la puerta, y allí les hacía un gesto significándoles que ya podía prescindir de su ayuda, y continuaba solo su camino, en tanto que la madre abandonaba rápidamente agujas y dedales y la hermana sus libros y plumas para correr tras él y proseguir auxiliándole en lo necesario.

¿Era posible que alguien en aquella familia fatigada, agotada completamente por el trabajo, estuviese en condiciones de prestar alguna atención a Gregorio, si se exceptúa la justamente imprescindible? El tren de vida de la casa disminuyó ostensiblemente. Se despidió a la sirvienta, y fue reemplazada en los trabajos más pesados por una asistenta, una mujerona huesuda, con un halo de cabellos blancos alrededor de la cabeza, que acudía una hora por la mañana y otra por la tarde. La madre tuvo que añadir a su ya nada breve tarea de costura otras labores domésticas. Se tuvo además que recurrir a la venta de algunas alhajas en poder de la familia, que antaño habían exhibido felices la madre y la hermana en reuniones y fiestas. Gregorio lo supo por la noche, a través de la conversación referente al precio de la venta. Pero de lo que más se lamentaba era de la dificultad para dejar aquel piso, excesivamente oneroso en las circunstancias que atravesaban. Aunque podía comprender que no era él la verdadera causa que impedía el traslado, ya que era fácil transportarlo, bastando con un cajón que tuviese un par de agujeros por donde respirar. No; lo que impedía principalmente a la familia llevar a cabo la mudanza era la desazón que les obsesionaba el tener que aceptar plenamente la idea de que había sido castigada con una desgracia monstruosa, inédita hasta entonces entre el círculo de sus familiares y amigos.

Tuvieron que apurar hasta el final la hez del cáliz que la vida exige a los desdichados. El padre se veía obligado a llevar el desayuno a insignificantes empleados del banco; la madre debía afanarse sobre ropas de extraños; la hermana, rodar de un lado a otro, detrás del mostrador, para atender a los clientes. Pero las fuerzas de la familia se extinguían ya. Y Gregorio notaba que se le renovaba el dolor de la herida que tenía en el caparazón, cuando la madre y la hermana, una vez que se acostaba el padre, volvían al comedor y dejaban el trabajo para sentarse muy juntas, casi cara con cara. La madre hacía un gesto indicando la habitación de Gregorio, y decía:

—Grete, cierra la puerta.

Y Gregorio volvía nuevamente a sumergirse en las tinieblas, en tanto que en la habitación vecina las mujeres lloraban juntas, o se quedaban abstraídas mirando la mesa, con los ojos sin brillo.

Las noches y los días de Gregorio transcurrían privados casi de las pautas normales del sueño. En ocasiones, imaginaba que podía abrir la puerta de su cuarto y que retornaría como antes a ocuparse de los asuntos de la familia. Por su mente desfilaban, después de mucho tiempo ya, el jefe de personal, el gerente, el dependiente y el aprendiz, aquel ordenanza tan rústico, los pocos amigos que tenía, empleados como él, una camarera de una fonda de provincias, y sobre todo un recuerdo amado y fugaz: el de la cajera de una sombrerería, a la que había pretendido seriamente, pero sin el tesón necesario...

Todas estas personas se confundían ahora en su recuerdo, junto con otras extrañas, olvidadas hacía mucho; pero ninguna de ellas estaba en condiciones de ayudarles, ni a él ni a los demás. Todos eran ya inalcanzables y se sentía mejor cuando conseguía rechazar sus recuerdos. Más tarde dejaba de preocuparse por su familia, y solo experimentaba hacia ella el enojo producido por la poca atención que le prestaban. No podía imaginar nada que le apeteciera; no obstante, fraguaba planes para llegar hasta la cocina y apropiarse, aunque no tuviese hambre, de lo que estaba seguro le correspondía por derecho. La hermana no perdía tiempo en pensar qué podía agradarle; antes de salir para el trabajo por la mañana y por la tarde, empujaba con el pie dentro del cuarto un recipiente con cualquier comida, y más tarde al volver, sin detenerse a comprobar siquiera si Gregorio había probado el alimento —lo que sucedía la mayoría de las veces—, recogía los restos apresuradamente con la escoba. El arreglo de la habitación, que siempre se llevaba a cabo por la noche, no podía ser tampoco más rápido. Las paredes chorreaban suciedad, y el polvo y la basura aumentaban en los rincones.

Al principio, cuando entraba la hermana, Gregorio se colocaba deliberadamente en el rincón donde la basura resultaba más ostensible. Pero ahora podía haberse quedado allí durante semanas, sin que la hermana se diese por enterada de ello, pues parecía estar firmemente decidida a dejar las cosas como estaban. Con un celo antes inusitado en ella, pero que parecía haber afectado al resto de la familia, no toleraba que ninguna otra persona participase en el arreglo de la habitación. Una vez la madre limpió a conciencia el cuarto de Gregorio, tarea para la cual se requirieron algunos cubos de agua —preciso fue reconocer que la humedad afectó dolorosamente a Gregorio, que permanecía huraño y sin moverse de debajo del sofá—; pero el castigo no tardó mucho en llegar, en cuanto regresó la hermana por la tarde y observó las nuevas condiciones de la habitación. Se sintió herida en lo más hondo de su alma, y, sin tomar en consideración los ruegos de la madre, prorrumpió en un llanto desconsolado que impresionó a los padres por lo que tenía de extraño e irreparable. El padre, al lado de la madre, la reconvenía por no haber dejado a la hermana la primacía en el arreglo del cuarto de Gregorio; mientras, la hermana, al otro lado del padre, afirmaba a gritos que no se ocuparía más en el futuro de aquel cuarto. Por su parte, la madre intentaba llevarse al padre, que seguía furibundo, a su habitación; la hermana, en una crisis de histerismo, daba puñetazos con sus pequeñas manos sobre la mesa, y Gregorio zumbaba de rabia, pues nadie había tomado la precaución de cerrar la puerta y evitarle así aquel triste espectáculo.

Pero si la hermana, agobiada por el trabajo, no estaba ya en condiciones de ocuparse de Gregorio, no era necesario que la sustituyese la madre. Para eso estaba la asistenta. Una viuda con bastantes años encima, y a la que su robusta naturaleza había ayudado, sin duda, a soportar las pesadumbres de su no corta vida. Sin que pudiese acreditarse que fuera por curiosidad, abrió un día la puerta del cuarto de Gregorio y, sin dar ninguna muestra de repugnancia, cuando vio a este, que, pese a que no era perseguido, corría de un lado para el otro, alarmado por la intrusión, permaneció impasible con las manos cruzadas sobre el vientre.

A partir de entonces, nunca dejaba de entreabrir disimuladamente la puerta para echar un vistazo a Gregorio. Las primeras veces le prodigaba palabras, que ella suponía cariñosas, como: «¡Ven aquí, pedazo de bicho!», «¡Menudo pedazo de bicho este!»

A estas palabras, Gregorio hacía oídos sordos y continuaba inmóvil donde estaba, como si la puerta no se hubiese abierto. Mucho más conveniente hubiese sido que se le hubiese ordenado a esa asistenta que limpiase el cuarto todos los días, en vez de que apareciese allí para fastidiarlo caprichosamente, sin ningún provecho.

Una mañana, mientras la lluvia, anuncio sin duda de la primavera, fustigaba los cristales, la asistenta insistió nuevamente en provocar a Gregorio, y este perdió la paciencia, hasta tal punto que se enfrentó a ella, torpe y débil, pero en actitud de atacar. No obstante, ella no se asustó lo más mínimo, sino que levantó una silla próxima a la puerta y permaneció en tal actitud, con la boca abierta, dando muestra inequívoca de que no la cerraría hasta después de haber descargado la silla sobre el caparazón de Gregorio.

—¿Parece que hay miedo? —dijo al ver que Gregorio retrocedía, y volvió tan tranquila a dejar la silla en su sitio.

Gregorio apenas comía. Cuando pasaba junto a los alimentos que le ponían, mordía algo para probarlo, y luego lo dejaba en la boca durante horas para escupirlo casi siempre. Primero pensó que el desinterés por la comida era motivado por la melancolía que le suscitaba el estado de la habitación, pero precisamente se acostumbró enseguida al nuevo aspecto que presentaba esta. Poco a poco se habían habituado a mandar allí todo lo que resultaba molesto en otra parte, que era mucho, ya que una de las habitaciones del piso se había alquilado a tres pensionistas. Eran tres caballeros muy serios. Los tres tenían barba, como pudo comprobar Gregorio, atisbando por la rendija de la puerta. Se preocupaban de que todo estuviese en el orden más estricto, y no solo en su habitación, sino también en el resto de la casa, ya que vivían en ella, y principalmente de la cocina. Trastos superfluos, y mucho menos cosas sucias, no las toleraban.

Incluso habían trasladado al piso parte de su mobiliario, lo que convertía en innecesarias muchas cosas, imposibles de vender, pero que no se querían tirar. Y todo esto iba a dar al cuarto de Gregorio, y también ceniceros y el cajón de la basura. Todo aquello que momentáneamente parecía no tener ninguna utilidad —para esto la asistenta no vacilaba demasiado— lo tiraba al cuarto de Gregorio, quien, por suerte, la mayoría de las veces alcanzaba a divisar solo el objeto y la mano que lo lanzaba. Es posible que la intención que animaba a esta fuese la de volver a buscar aquellas cosas más adelante cuando se presentase la ocasión, o bien tirarlas a la basura todas de una vez, pero el caso es que seguían allí, donde habían sido arrojadas originalmente, a menos que Gregorio actuase para eliminar de en medio el trasto, cambiándolo de sitio, porque le quitaba el lugar para arrastrarse y lo hacía afanosamente a veces, aunque después de tan fatigosa tarea quedaba extenuado y triste, incapaz de hacer nada durante muchas horas.

Los huéspedes cenaban algunas noches en el comedor de la familia, y entonces cerraban la puerta que comunicaba con el cuarto de Gregorio; pero ya no le importaba gran cosa a este, ya que incluso las noches que permanecía abierta no le interesaba escuchar, sino que se refugiaba, sin que lo notasen los suyos, en el rincón más oscuro de la habitación.

Pero sucedió que un día la asistenta dejó entornada la puerta de su cuarto, que comunicaba con el comedor, y esta continuó así por la noche cuando los huéspedes entraron a cenar y se encendió la luz. Se sentaron a la mesa, ocupando los sitios que en tiempos pasados correspondían al padre, a la madre y a Gregorio, desplegaron las servilletas y empuñaron cuchillo y tenedor. Enseguida aparecieron por la puerta la madre, que traía una fuente repleta de carne, seguida de la hermana, que llevaba otra fuente llena de patatas.

De la comida ascendía una nube de vapor, que los huéspedés aspiraron inclinándose sobre las fuentes, colocadas frente a ellos, como si pretendiesen probar los alimentos antes de servirse. El que estaba sentado en medio, aparentemente el más importante de los tres, cortó un trozo de carne en la misma fuente, seguramente para comprobar que estaba tierna y que no era preciso devolverla a la cocina. Manifestó su aprobación, y la madre y la hermana, que habían estado pendientes de su veredicto, respiraron y sonrieron satisfechas.

Mientras tanto, la familia comía en la cocina. Pese a ello, el padre, antes de encaminarse a esta, entraba en el comedor, hacía una inclinación general, y luego, con la gorra en la mano, daba una vuelta alrededor de la mesa. Los pensionistas se incorporaban y contestaban con un murmullo, casi para sí mismos. Después volvían a sentarse y atacaban la comida sin apenas intercambiar palabras entre ellos.

Le parecía a Gregorio que entre los ruidos que percibía, el más evidente era el que hacían los dientes al comer, como si quisieran probar a este que para comer se necesitan dientes, y que la mandíbula más magnífica, exenta de dientes, para poco puede servir. «La verdad es que tengo hambre —se decía Gregorio—; pero no son esa clase de comidas las que me apetecen. ¡Menudo apetito tienen estos señores! ¡Y mientras tanto, yo sin comer, muriéndome de hambre!»

Esa misma noche (Gregorio no recordaba haber oído el violín desde hacía tiempo) sintió tocar en la cocina. Los pensionistas habían terminado su cena. El que estaba en medio había desplegado un periódico, dando una hoja a cada uno de los otros dos, y los tres leían y fumaban cómodamente recostados hacia atrás.

Al oír el violín levantaron la vista, con la atención puesta en la melodía. Se incorporaron y, de puntillas, fueron hasta la puerta del vestíbulo, junto a la que se quedaron quietos, hombro con hombro. Desde la cocina los oyeron seguramente, pues el padre preguntó:

—Quizá a los señores les moleste la música.

Y agregó:

—Si es así, se interrumpirá inmediatamente.

—Todo lo contrario —afirmó el señor al que se suponía el principal—. ¿No querría pasar la señorita y tocar aquí? Resultaría muchísimo más cómodo y agradable.

—¡Sin duda, así lo haremos! —contestó el padre, como si fuese él mismo el ejecutante.

Los tres pensionistas retornaron al comedor y aguardaron. Enseguida apareció el padre con el atril, seguido de la madre con las partituras, y por último la hermana con el violín. Esta preparó todo con calma para empezar a tocar. Los padres, que nunca habían alquilado habitaciones a huéspedes, y que por ello exageraban la amabilidad para con estos, no se decidieron a ocupar sus propios asientos. El padre permaneció apoyado en la puerta, con la mano derecha metida entre dos botones de la librea que estaba cerrada; sin embargo, a la madre le fue ofrecido un sillón por uno de aquellos señores, y se sentó en un rincón apartado, ya que no se atrevió a mover el asiento del sitio en que aquel señor lo había colocado casualmente.

La hermana empezó a tocar, y el padre y la madre, cada cual desde sus respectivos sitios, seguían todos los movimientos de sus manos sin quitar ojo. Gregorio, seducido por la música, se decidió a avanzar algo, y se encontró con la cabeza dentro del comedor. Apenas le preocupaba la escasa consideración que sentía por los demás en los últimos tiempos, y no obstante en el pasado se había preciado de esta consideración. Ahora tenía más motivos para no exhibirse, ya que, debido a la suciedad en que vivía, el menor movimiento que hacía levantaba nubes de polvo en su alrededor, e incluso él estaba cubierto de polvo y acarreaba en la espalda y en los costados hilachas, pelusas y restos de comida. Su apatía hacia los demás era mucho mayor que cuando antes se echaba sobre la alfombra varias veces al día, restregándose la espalda. No obstante, pese al estado en que se encontraba, no tenía el menor reparo en arrastrarse por el suelo impoluto del comedor.

Pero la verdad es que de momento nadie estaba pendiente de él. La familia se encontraba totalmente embelesada por el violín, y los huéspedes, que al principio se habían situado, con las manos en los bolsillos del pantalón, próximos al atril, tan cerca que podían ir leyendo las notas, y probablemente molestaban a la hermana, después de un rato se colocaron junto a la ventana, donde estaban murmurando con las cabezas juntas, y examinados por el padre, al que tal actitud parecía preocupar, ya que su actitud podía interpretarse como falta de interés por oír música clásica o ligera y comenzaban a impacientarse, de modo que solamente por tolerancia soportaban que se les continuase molestando y turbando su sacrosanta tranquilidad. Sobre todo la manera que tenían todos de expeler por la boca o la nariz el humo de sus cigarros indicaba su irritación.

Y no obstante, ¡qué maravillosamente tocaba la hermana! Con el rostro vuelto continuaba con expresión concentrada y triste leyendo la partitura. Gregorio avanzó un poco más hacia delante y conservó la cabeza pegada al suelo, procurando encontrar con su mirada los ojos de la hermana.

¿Sería una fiera que se dejaba conmover tanto por la música?

Se figuraba que se abría ante él una senda que debía llevarlo hasta un alimento no conocido, vivamente deseado. Sí, había decidido acercarse a la hermana, tirarle de la falda y conducirla hasta su cuarto para que comprendiese que nadie apreciaba aquí su música como él. Y en lo sucesivo no debía salir de su cuarto, por lo menos mientras él estuviese con vida. Por una vez al menos había de serle útil para algo su horrorosa forma actual.

Anhelaba poder estar a un tiempo en todas las puertas, presto a saltar sobre todos los que intentaran acometerle. Pero era necesario que la hermana estuviese junto a él, no obligada, sino de buen grado. Era menester que se sentase a su lado en el sofá, que se inclinase hacia él, y así le revelaría al oído que había tenido el firme propósito de enviarla al conservatorio, y que de no haber acaecido la desgracia en las navidades pasadas, así lo hubiera hecho saber a todos, sin preocuparle las objeciones en contra. Y al saber esta decisión, la hermana, emocionada, empezaría a llorar, y Gregorio se empinaría hasta sus hombros y la besaría en el cuello, que desde que trabajaba en la tienda llevaba descubierto, sin cinta.

—Señor Samsa —dijo repentinamente al padre el señor que parecía ser el de más autoridad. Y sin agregar ninguna otra palabra, señaló al padre, con el dedo extendido en aquella dirección, a Gregorio, que se arrastraba lentamente. El violín se interrumpió en el acto, y el señor que parecía ser el de más autoridad sonrió a sus compañeros, moviendo la cabeza, y volvió a mirar a Gregorio.

El padre creyó que lo más importante de momento, en lugar de echar de allí a Gregorio, era tranquilizar a los huéspedes, quienes, por otra parte, aparentaban gran calma, y parecían estar más entretenidos con la presencia de Gregorio que con el violín. Corrió hacia ellos, y, separando los brazos, intentó empujarlo hacia su habitación, al tiempo que les ocultaba con su cuerpo la vista de Gregorio. Entonces ellos no disimularon su disgusto, aunque no era posible determinar si obedecían a la actitud del padre o al percatarse en aquel instante de que habían convivido, ignorándolo, con un ser de aquella especie.

Exigieron explicaciones al padre, levantaron a su vez los brazos hacia arriba, se mesaron la barba con ademán turbado, y no volvieron sino muy despacio hasta su habitación.

Entre tanto, la hermana había logrado superar la impresión que momentáneamente le causó la repentina interrupción. Permaneció un instante con los brazos caídos, sujetando débilmente el arco y el violín y la mirada perdida sobre el pentagrama, como si todavía estuviese tocando. Y bruscamente explotó. Arrojó el instrumento en los brazos de la madre, que permanecía sentada en su sillón, sofocada con el mal funcionamiento de sus pulmones, y se lanzó hacia el cuarto contiguo, al que los huéspedes, empujados por el padre, estaban aproximándose ya más deprisa. Con suma destreza, separó y tiró por los aires mantas y almohadas, y, aun antes que los señores entrasen en su habitación, ya había concluido de arreglarles las camas y desaparecido.

El padre, obsesionado por impedir que viesen a Gregorio, olvidaba la más elemental prudencia y seguía empujando frenéticamente. Al llegar al unibral de la habitación, el que se le suponía más autorizado de los tres golpeó con violencia el suelo con el pie, y con voz estentórea, lo detuvo, diciendo:

—Les comunico a ustedes —y levantó una mano al pronunciar estas palabras, buscando con la mirada a la madre y la hermana— que, teniendo en cuenta las nauseabundas circunstancias que concurren en esta casa y en esta familia —y al decir esto escupió con desprecio en el suelo—, en este preciso momento me retiro. Haciendo la salvedad de que nada he de pagar por los días que he permanecido aquí; y además me reservo el derecho de considerar si he de conminarle a usted a una indemnización, la que estoy persuadido de que sería fácilmente justificable.

Guardó silencio y miró a su alrededor, como a la espera de algo. Y así fue, pues sus dos compañeros corroboraron rápidamente sus palabras, agregando por cuenta propia:

—Nosotros también nos retiramos inmediatamente.

Dicho lo cual, el que parecía tener más autoridad de ellos asió el picaporte y cerró dando un portazo.

El padre, temblando al andar y con las manos extendidas, se encaminó hacia su butaca y se desplomó sobre ella. Podía pensarse que se disponía a abandonarse a su cotidiano sueñecito nocturno, aunque la pronunciada inclinación de su cabeza, desmayada sobre el pecho, indicaba que no dormía.

Durante todos estos acontecimientos, Gregorio había estado en silencio, detenido en el mismo lugar en que le habían descubierto los huéspedes. El desaliento producido por el desastroso final de sus proyectos, y también, sin duda, la debilidad causada por el hambre, le imposibilitaban hacer ningún movimiento. No podía extrañarle que no tardase en desencadenarse sobre él la tormenta que aguardaba. Ya ni se alarmó con el ruido del violín, resbalado del regazo de la madre, por el impulso de sus dedos temblorosos.

—Queridos padres —dijó la hermana, subrayando estas palabras con un violento puñetazo sobre la mesa—, es imposible seguir así. Si no lo entendéis vosotros, yo sí me doy cuenta de ello. Delante de este monstruo no puedo de ninguna manera pronunciar el nombre de mi hermano; y solamente me limitaré a deciros esto: debemos hacer todo lo posible para deshacernos de él. Nadie podrá reprocharnos en lo más mínimo nuestra actitud. Hemos procedido con la mayor humanidad para cuidarlo y soportarlo.

—Tienes toda la razón —contestó enseguida el padre.

La madre, que todavía respiraba con dificultad, empezó a toser ahogadamente, con la mano en el pecho, y los ojos a punto de salirse de las órbitas, con expresión enloquecida.

La hermana se fue a su lado.

Las palabras de la hermana parecieron obligar al padre a concretar más sus pensamientos. Se había incorporado en la butaca, daba vueltas a su gorra de ordenanza entre los platos, que estaban todavía sobre la mesa, con los restos de la comida de los huéspedes, y cada tanto miraba a Gregorio con gran calma.

—Es necesario que tratemos de deshacernos de él —volvió a decir la hermana al padre, ya que la madre, luchando con la tos, no estaba en situación de oír nada—. Esta situación terminará matándoos a los dos, lo preveo. Teniendo que trabajar como estamos obligados nosotros, no se pueden sufrir además en casa estos tormentos. Yo no resisto más.

Y estalló en un llanto tan fuerte, que las lágrimas se esparcieron por el rostro de la madre, quien se las limpió automáticamente con la mano.

—Querida hija —dijo a modo de contestación el padre, compadecido, y con extraordinaria lucidez—. ¿Qué podemos hacer?

La hermana se limitó a levantar los hombros, en gesto que indicaba su desconcierto, mientras proseguía llorando, lo que constituía un enorme contraste con la actitud decidida antes.

—Si por lo menos él pudiese comprendernos —añadió el padre en una forma que pareció interrogativa.

Y la hermana, sin dejar de llorar, movió enérgicamente la mano, dando a entender que no había que concebir ninguna esperanza sobre el particular.

—Si por lo menos pudiese comprendernos —recalcó el padre, entornando los ojos como queriendo significar que también él estaba completamente persuadido de la imposibilidad de esto—, quizá sería posible llegar a un compromiso con él. Aunque en esta situación...

—Es necesario que se vaya —exclamó la hermana—. Debes alejar de ti la idea de que eso es Gregorio. El haberlo creído todo este tiempo es la causa de todos nuestros males. ¿Puede ser Gregorio? Si lo fuese, se hubiese dado cuenta desde el principio de que no hay posibilidad de que seres humanos puedan hacer vida común con ese monstruo. Él mismo hubiese tomado la decisión de irse. Es verdad que hubiésemos perdido al hermano, pero así seguiríamos viviendo y quedaría entre nosotros su eterno recuerdo. En cambio, ahora este bicho nos acosa, expulsa a nuestros huéspedes, y todo parece indicar que pretende apoderarse de toda la casa y echarnos a la calle. —Inmediatamente se puso a gritar—: ¡Padre, mira! ¡Vuelve a empezar!

Y, con un terror que a Gregorio le pareció inexplicable, la hermana se apartó incluso de la butaca de la madre, como dejándola a su suerte, antes de estar próxima a Gregorio, protegiéndose detrás del padre, el cual, exaltado por esta actitud, se levantó a su vez, abriendo los brazos ante la hermana, como en un gesto de protección.

Pero Gregorio no había pensado de ninguna manera en asustar a nadie, y naturalmente menos a su hermana. Solo había iniciado simplemente un movimiento de retorno a su habitación, y esto fue seguramente lo que impresionó a los demás, ya que en el estado calamitoso en que se encontraba para efectuar aquel arduo movimiento debía recurrir a la cabeza, elevándola y tornando a apoyarla en el suelo seguidamente. Se detuvo y oteó en torno suyo. Pero parecía que habían comprendido su sana intención. Había sido solamente un susto injustificado.

Todos estaban ahora mirándolo en un silencio melancólico. La madre seguía en su butaca, con las piernas estiradas ante sí, apretadas una contra otra, y los ojos semicerrados por la fatiga. La hermana y el padre se encontraban sentados uno junto al otro, y la hermana rodeaba con el brazo el cuello del padre.

«Vamos, ya puedo empezar a moverme» —pensó Gregorio, iniciando nuevamente su doloroso movimiento. Se le escapaban involuntariamente prolongados zumbidos, y cada tanto debía detenerse para recobrar fuerzas. Pero nadie lo azuzaba. Se le dejaba en paz. Una vez vuelto, empezó enseguida la marcha atrás en línea recta. Le sorprendió la larga distancia que le separaba de su habitación. Le era difícil comprender cómo en el estado de extenuación en que se encontraba le había sido posible realizar el mismo trayecto un rato antes, sin notarlo apenas. Decidido nada más a arrastrarse lo más rápidamente que pudiese, casi no observó que ninguno de los familiares lo perseguía con palabras o gritos.

Cuando se encontró en el umbral, volvió no obstante la cabeza, aunque levemente, ya que notaba muy rígido el cuello, y pudo comprobar que todo seguía igual detrás de él. Solamente la hermana se había levantado.

Y la última mirada suya fue para la madre, que finalmente se había dormido.

En cuanto entró en su habitación, oyó que se cerraba inmediatamente la puerta y se echaba la llave. El repentino ruido que causó esto le sobresaltó de tal manera, que se le doblaron las patas. Era la hermana quien se había apresurado a cerrar. Se había quedado de pie, como vigilando el momento de poder abalanzarse a encerrarlo. Gregorio no la oyó acercarse.

—¡Ya está! —exclamó ella, hablándoles a los padres, al mismo tiempo que echaba la llave a la puerta.

«¿Y ahora?» —se dijo para sí Gregorio, mirando en torno suyo en las tinieblas.

Pero enseguida pudo advertir que le era completamente imposible moverse; por el contrario, no comprendía cómo podía haber avanzado hasta entonces sobre aquellas escuálidas patitas. No obstante, se encontraba hasta cierto punto a gusto. Verdad es que le dolía todo el cuerpo; pero creía notar que esos dolores iban disminuyendo más y más, y al final desaparecerían. Casi no le molestaba ya la manzana podrida que llevaba incrustada en su caparazón y la inflamación rodeada de blanco por el polvo. Pensaba en los suyos con ternura y emoción. Estaba más decidido que su hermana a su desaparición.

Y este estado de serena reflexión y apatía se mantuvo hasta oír dar las tres de la mañana en el reloj de la iglesia. Aún pudo vivir hasta el comienzo del alba, que clareaba tras los cristales. Después, a pesar suyo, su cabeza se hundió del todo y su hocico despidió débilmente su último aliento.

A la mañana siguiente, cuando llegó la asistenta —daba tales portazos que, en cuanto entraba, era de todo punto imposible poder seguir durmiendo, pese a que en muchas ocasiones se le había rogado que fuese más comedida—, abrió la puerta para echar el consabido vistazo a Gregorio. No notó al principio nada que le llamase la atención. Creyó que la completa inmovilidad de este era intencionada, para fingirse enfadado, ya que lo creía capaz de discernir con plena capacidad. Por casualidad, llevaba un deshollinador en la mano, y quiso hurgar con él para hacerle cosquillas desde la puerta.

Cuando comprobó que nada obtenía así, se molestó y empezó a pincharle. Solamente después que le empujó sin observar ninguna reacción lo miró atentamente, dándose cuenta de lo sucedido. Abrió los ojos asombrada y se le escapó un silbido de asombro. Pero no lo dudó demasiado, sino que, abriendo violentamente la puerta de la alcoba, lanzó a voz en cuello en la oscuridad.

—¡Vengan a verlo! ¡Ha reventado! ¡Ahí pueden verlo, lo que se dice reventado!

El señor y la señora Samsa se incorporaron en su lecho matrimonial. Tuvieron que hacer un esfuerzo para sobreponerse a la sorpresa, y les llevó bastante tiempo entender lo que significaban aquellas voces de la asistenta. Pero una vez que lo advirtieron, salieron enseguida de la cama cada cual por su lado, tropezando en su apresuramiento. La señora Samsa iba solo vestida con su camisón de dormir, y de esta guisa entraron en la habitación de Gregorio.

Entretanto, se había abierto la puerta del comedor, donde dormía Grete desde la llegada de los huéspedes. Grete estaba completamente vestida, como si no se hubiese acostado en toda la noche, lo que parecía corroborar la palidez de su cara.

—¿Está muerto? —exclamó la señora Samsa, mirando dubitativamente a la asistenta, pese a que podía comprobarlo por sí misma, e incluso averiguarlo sin necesidad de ninguna comprobación.

—Así es —replicó la asistenta, empujando todavía un largo trecho con el escobón el cadáver de Gregorio, para probar la veracidad de su aserto.

La señora Samsa hizo un ademán como para detenerla, pero no lo llevó a cabo.

—Bueno —dijo el señor Samsa—, ya podemos dar gracias a Dios.

Se persignó, y las tres mujeres hicieron lo mismo.

Grete no separaba los ojos del cadáver:

—Fijaros cómo estaba de delgado —añadió—. La verdad es que hacía ya mucho tiempo que no comía nada. Lo mismo que llevaba las comidas, las volvía a retirar.

El cuerpo de Gregorio se veía completamente achatado y seco. Esto solo podía verse claramente ahora, que ya no le sostenían las patitas, y todas las miradas estaban pendientes de él.

—Grete, ven un momento con nosotros —dijo la señora Samsa, sonriendo tristemente.

Y Grete, mirando constantemente el cadáver, siguió a los padres a la alcoba.

La asistenta cerró la puerta y abrió de par en par la ventana.

Todavía era muy temprano, pero se notaba en el aire frío un halo tibio. Estaba ya terminando el mes de marzo.

Los tres huéspedes aparecieron fuera de su habitación, buscando ansiosos su desayuno. Se habían olvidado de ellos.

—¿Qué pasa con el desayuno? —interrogó a la asistenta con tono malhumorado el señor que parecía de más autoridad.

Pero esta, llevándose el índice a los labios, instó silenciosamente, con enérgicos ademanes, a entrar en el cuarto de Gregorio a los tres señores.

La siguieron, y se quedaron allí, en la habitación llena de luz, rodeando el cadáver de Gregorio, con expresión despreciativa y las manos metidas en los bolsillos de sus un tanto rozados chaqués.

En ese momento se abrió la puerta de la alcoba y apareció el señor Samsa, vestido con su librea, flanqueado por las dos mujeres. Todos tenían aspecto de haber llorado algo, y Grete escondía cada tanto la cara contra el brazo del padre.

—Márchense ustedes inmediatamente de mi casa —exclamó el señor Samsa, siempre flanqueado por las dos mujeres.

—¿Qué es lo que quiere usted decir con eso? —inquirió el señor que parecía de más autoridad, algo inseguro y sonriendo tímidamente.

Los otros dos estaban con las manos cruzadas a la espalda, y se las restregaban continuamente, como a la espera de una pelea cuyo desenlace les sería favorable.

—Quiero dar a entender exactamente lo que he dicho —contestó el señor Samsa, avanzando con sus dos acompañantes en una misma línea hacia el señor importante.

Este permaneció un rato callado, mirando atentamente al suelo, como si sus pensamientos empezasen a organizarse en un nuevo esquema dentro de su cabeza.

—Siendo así, nos vamos —contestó por fin, mirando al señor Samsa, como si una autoridad repentina le obligase a pedirle permiso incluso para obedecer.

El señor Samsa se limitó a abrir mucho los ojos y hacer signos afirmativos, cortos y repetidos, moviendo la cabeza.

Tras esto, el huésped se dirigió con paso rápido al vestíbulo. Hacía un rato que sus compañeros escuchaban, pero sin restregarse ya las manos, y ahora lo siguieron pisándole los talones a grandes zancadas, como inquietos de que el señor Samsa llegase antes que ellos al vestíbulo y les impidiese unirse a su guía.

Llegados allí, los tres cogieron sus sombreros respectivos que estaban colgados en el perchero, retiraron sus bastones respectivos del paragüero, hicieron una inclinación silenciosa y dejaron la casa.

Con un injustificado recelo, como se demostró luego, el señor Samsa y las dos mujeres salieron al rellano y, apoyados en la barandilla, contemplaron cómo aquellos tres señores, despacio pero sin interrupciones, bajaban la larga escalera, ocultándose cada vez que esta daba una vuelta en cada rellano para volver a aparecer un instante después.

A medida que se alejaban, disminuía el interés que hacia ellos sentía la familia Samsa, y cuando se cruzó con ellos y siguió luego subiendo el repartidor de una carnicería, que sostenía con altanería su cesto sobre la cabeza, el señor Samsa y las mujeres se retiraron de la barandilla y, quitándose un peso de encima, volvieron a entrar en el piso.

De común acuerdo optaron por dedicar aquel día al descanso y a pasear; no solo se habían ganado bien esa pausa en su trabajo, sino que les era imprescindible. Se sentaron en la mesa y escribieron cada uno una carta: el señor Samsa a su jefe, la señora Samsa al dueño de la tienda y Grete al encargado.

Cuando estaban realizando esta tarea, entró la asistenta para decir que se iba, pues ya había concluido el trabajo de la mañana. Los tres continuaron escribiendo, sin concederle mucha atención, limitándose a asentir con la cabeza. Pero, al darse cuenta de que no terminaba de irse, levantaron los ojos, con enfado.

—¿Qué ocurre? —preguntó el señor Samsa.

La asistenta continuaba sonriente en el umbral, como si tuviese que hacer saber a la familia una buena noticia, pero insinuando con su actitud que no lo haría mientras no se diesen muestras de interés haciéndole algunas preguntas. La plumita que lucía erguida en su sombrero, y que resultaba antipática al señor Samsa desde el primer día que entró al servicio de la casa aquella mujer, se movía en todas direcciones.

—Pero, bueno, ¿qué es lo que quiere usted? —preguntó la señora Samsa, que era la que más respetaba a la asistenta.

—Pues verá —replicó esta, con voz que interrumpía la risa—. Ya no deben ustedes preocuparse de cómo quitar de en medio el trasto ese de ahí. Ya lo he solucionado.

La señora Samsa y Grete volvieron a inclinarse sobre su trabajo, como para proseguir escribiendo, y el señor Samsa, dándose cuenta de que la asistenta estaba decidida a contar todo con pelos y señales, la paró con una señal enérgica de la mano.

La mujer, al ver que no la dejaban soltar su relato, se acordó que tenía mucho que hacer todavía.

—¡Hasta luego! Queden con Dios —dijo con voz severa.

Se volvió visiblemente irritada, y dejó la casa dando un portazo que resonó terriblemente.

—Cuando venga esta tarde la despido —aseguró el señor Samsa.

Pero no obtuvo respuesta ni de su mujer ni de la hija, pues la asistenta parecía haber vuelto a perturbar la calma que apenas habían ganado.

La madre y la hija se incorporaron y se encaminaron hasta la ventana, quedándose allí abrazadas. El padre dio media vuelta a su butaca y permaneció mirándolas tranquilamente. Después dijo:

—Vamos. Acercaos ya. Tenéis que olvidar todo lo ocurrido. Hacedlo también por mí.

Las dos mujeres obedecieron inmediatamente, se precipitaron hacia él, lo besaron y acariciaron, y concluyeron sus cartas.

Más tarde, los tres salieron juntos por primera vez desde hacía meses y tomaron el tranvía para ir hasta las afueras a respirar el aire puro. El tranvía, en el que eran los únicos viajeros, brillaba bajo la tibia luz del sol. Cómodamente apoyados en sus asientos, fueron hablando acerca del futuro, y llegaron a la conclusión de que, bien consideradas las cosas, este no se perfilaba tan mal como podía haberse pensado, pues los tres trabajaban, y sus empleos, acerca de los cuales no habían cambiado impresiones directas unos con otros, eran satisfactorios y permitían mirar hacia delante con renovadas esperanzas. Lo primero que consideraron como más conveniente era mudarse de casa. Querían una casa más pequeña y más económica, mejor situada y con una distribución más cómoda que la actual, que había sido elegida por Gregorio.

Y mientras hablaban de todo esto, casi simultáneamente se dieron cuenta el señor y la señora Samsa de que su hija, que en los últimos tiempos, pese a todos los esfuerzos que pusieron en ello, había desmejorado mucho, ahora se había recuperado y era una hermosa muchacha rebosante de vida. Sin cambiar ya palabra entre ellos, se entendieron casi de una manera tácita y se dijeron uno a otro que era llegado el momento de buscarle un marido conveniente.

Y cuando finalizó el viaje, y la hija se incorporó la primera, poniendo en evidencia sus formas juveniles, pareció ratificar con ello los nuevos anhelos y las sanas intenciones de los padres.

FIN DE
«LA METAMORFOSIS»

La condena

FUE UN DOMINGO por la mañana, en mitad de la primavera. Georg Bendemann, un comerciante joven, se encontraba sentado en su dormitorio en el primer piso de una de esas casas bajas y de defectuosa construcción que se alineaban en la orilla del río, difíciles de identificar entre sí por la altura y el color. Terminaba de escribir una carta a un amigo de la niñez que residía en el extranjero. Cerró el sobre abstraído, y, aplicando los codos sobre la mesa, miró por la ventana el río, el puente y las colinas de la orilla opuesta, con su difuminada vegetación.

Rememoraba a su amigo, que hacía algunos años, en desacuerdo con las posibilidades que ofrecía su país, se marchó a Rusia. Actualmente explotaba un negocio en San Petersburgo, que inicialmente se desenvolvió muy bien, pero que de un tiempo a esta parte no marchaba. Así se deducía de las visitas, cada vez más distanciadas, de su amigo, en las cuales se lamentaba de la situación. Por consiguiente, sus afanes en el extranjero no daban resultado. La estrambótica barba larga no había conseguido cambiar completamente su cara, tan conocida desde la niñez, cuya piel amarillenta denotaba alguna dolencia latente. Solía decir que no mantenía apenas relaciones con los compatriotas residentes en aquella ciudad, ni tampoco amistades de carácter personal con familias del lugar, de forma tal que parecía preverse que se mantendría en una permanente soltería.

¿Qué se le podía decir a una persona así, que claramente había elegido un camino no muy adecuado, y al que se podía comprender, pero no ayudar? ¿Quizá sugerirle que retornase a su país, que nuevamente se adecuase a vivir en él, que restableciese sus amistades de entonces —era desde luego posible— y volviese a confiar en la comprensión de sus amigos? Pero esto hubiera implicado decirle (por más amable, no resultaría menos agradable) que todo su trabajo anterior no había dado ningún resultado y que ya era hora de batirse en retirada, que debía retornar a la patria y resignarse a ser visto en lo sucesivo como un repatriado, con ojos dilatados por el asombro; que únicamente sus amigos habían sido juiciosos, que él no era más que un niño eterno y que tendría que tener siempre en cuenta el consejo de sus amigos, más sensatos, porque nunca habían abandonado su país. ¿Pero se podía estar seguro de que todos estos sufrimientos que se le causarían darían algún resultado? Es muy posible que no tuviese deseos de volver. Él mismo manifestaba que había perdido el contacto con la vida comercial de su patria. Por consiguiente, continuaría en el extranjero pese a todo, torturado por los consejos, y más alejado cada día de sus amigos. Por el contrario, si tomaba en cuenta tales consejos, y si al regresar aquí empeoraba su situación, seguramente no por malicia, sino por la fuerza de las cosas, si no se encontraba a gusto ni con sus amigos ni sin ellos, y si además se sentía humillado y se daba cuenta repentinamente de que había perdido a su país y a sus amistades, ¿no sería más conveniente, considerándolo bien, seguir en el extranjero, como hasta ahora? Teniendo en cuenta todos estos datos, ¿podría verdaderamente afirmarse que era mejor para él volver al país?

Considerando todo lo anterior, si uno pretendía mantener con él relaciones epistolares, no era posible darle noticias reales, ni aun las que se comunicaban sin preocupación alguna a las personas menos allegadas. Habían transcurrido ya tres años desde su último viaje al país, y se disculpaba prolijamente, aduciendo que le era imposible apartarse de su actividad, por la incierta situación política en Rusia, en tanto que cientos de miles de rusos viajaban alegremente por el mundo. No obstante, en el curso de estos tres años se habían producido cambios notables para Georg. Aproximadamente hacia dos años había muerto su madre, y a partir de entonces este vivía con su padre; desde luego que el amigo, al enterarse de la noticia, le hizo llegar su pésame en una carta, en términos tan áridos que se podría pensar que el dolor provocado por ese acontecimiento no resultaba incomprensible en Rusia. Pero desde entonces Georg se había sumergido más en sus negocios, así como en todos los demás aspectos de la vida. Quizá el hecho de que, cuando vivía su madre, su padre no le dejara actuar conforme a su criterio, había hecho difícil un esfuerzo más eficaz por su parte. Pero después de esa pérdida, el padre, que dedicaba ya menos tiempo a sus negocios, se había hecho más autoritario. Quizá —y esto era lo más seguro— un periodo bastante largo de suerte le había ayudado; pero era evidente que en esos dos años los negocios habían resultado inesperadamente buenos. Habían tenido que aumentar al doble el número de empleados, la recaudación se había quintuplicado y seguramente el futuro deparaba otra serie de éxitos.

Su amigo desconocía todos estos cambios. En diversas ocasiones, y seguramente la última en su carta de pésame, había intentado convencer a Georg para que se trasladara a Rusia, explicándole minuciosamente las expectativas comerciales que existían en San Petersburgo. Las cifras que mencionó eran insignificantes, comparadas con el volumen que tenían ahora los negocios de Georg. Pero este no se había sentido inclinado a enterar de sus éxitos a su amigo, y hacerlo ahora hubiera estado completamente fuera de lugar.

Por consiguiente, Georg se atenía en todos los casos a tener a su amigo informado de sucesos desprovistos de importancia verdadera, lo que puede venir a la mente por sí solo una apacible mañana de domingo. Intentaba solamente que la idea que durante todo ese tiempo se había ido formando su amigo de la ciudad donde nació, y con la cual vivía a su gusto, no sufriera cambios. Y sucedió que Georg, en tres cartas bastante espaciadas entre sí, le dio la misma noticia: un señor sin importancia se había prometido con una señorita también sin importancia, hasta que el amigo —lo cual no había supuesto Georg— empezó a demostrar interés por tan importante acontecimiento.

Georg elegía informarle de cosas así, en lugar de decirle que él también estaba prometido ya hacia varios meses con la senorita Frieda Brandenfeld, una joven de familia pudiente. Solía hablar de su amigo con su novia y de la peculiar relación epistolar que mantenían.

—Pero ¿no vendrá entonces a nuestro casamiento? —decía ella. Yo me siento obligada a conocer a todos sus amigos.

—No quiero molestarlo —replicaba Georg—. Te ruego que me comprendas. Seguramente él vendría, o así lo creo; pero lo haría obligado y molesto, y es posible que me envidiase. Quizá se sentiría turbado e incapaz para dominar su malestar, y además tendría que volverse solo a Rusia. ¿Entiendes lo que eso significa?

—Desde luego que sí, pero ¿no podrá enterarse por otro conducto de nuestra boda?

—No estoy seguro; pero teniendo en cuenta la vida que lleva, quizá no se entere.

—Con esos amigos tan raros que tienes, no debías haberte comprometido conmigo.

—Creo que la culpa es de ambos. La verdad es que de ningún modo quisiera dejar de hacerlo.

Y luego, cuando ella respiraba entrecortadamente por sus besos, añadió:

—Pero debes confesar que me inquieta. —Él pensó que en realidad nada perdería si contaba todo a su amigo—. «Soy así y así me conoció —pensó—. No es natural que forme una idea de mí que pueda ser un inconveniente para mantener nuestra amistad.»

Y así, en la extensa carta que terminaba de escribir ese domingo por la mañana, relataba a su amigo el éxito de su compromiso en los términos que siguen:

«Dejé para el final la noticia más agradable. Me he comprometido con la señorita Frieda Brandenfeld. Es una joven de familia pudiente, que conocí cuando su familia vino a establecerse en la ciudad bastante tiempo después que tú te marchaste y a quien, por consiguiente, no puedes conocer. Más adelante no faltará oportunidad de darte más pormenores acerca de mi novia. Ahora me constriño a decirte que me siento muy feliz, y que esto solo modificará nuestra antigua amistad en que si antes has tenido un amigo como la mayoría, ahora cuentas con un amigo dichoso. Por lo demás, tendrás en mi novia, que te hace llegar un saludo cordial y que en breve te escribirá personalmente, una amiga sincera, lo que casi siempre algo significa para un joven soltero. No ignoro que tus muchos asuntos hacen imposible que vengas a vernos; pero ¿no crees que mi boda es la ocasión más justificada para dejar al margen por un tiempo todos esos asuntos? No obstante, obra como te plazca, teniendo en cuenta solamente tu conveniencia.»

Teniendo la carta en su mano, Georg estuvo un tiempo largo sentado frente a su mesa, con la mirada dirigida hacia la ventana. Casi no contestó, con una sonrisa ausente, al saludo de una persona conocida que pasaba por la calle.

Por último, se guardó la carta en el bolsillo y abandonó la habitación. Cruzó un corto corredor hasta llegar a la habitación de su padre, en la cual hacía varios meses que no entraba. Tampoco era necesario, ya que todos los días se veía con él en la oficina, y también solían comer juntos en el mismo restaurante; de noche, cada cual quedaba en libertad de hacer lo que le placiera, pero casi siempre permanecían un rato en la sala común, con sendos periódicos, salvo los días que Georg —que eran bastantes— salía con sus amigos o, como en los últimos tiempos, iba a ver a su prometida.

Georg se sorprendió de que la habitación de su padre estuviera tan oscura, incluso en aquella soleada mañana ¡Tal era la sombra que proyectaba la elevada pared que flanqueaba el pequeño patio! El padre se encontraba sentado al lado de la ventana, en un rincón que estaba arreglado con algunos recuerdos de la fallecida madre, y leía el periódico manteniéndolo algo de costado frente a los ojos para aliviar cierto defecto visual. Encima de la mesa se veían los restos del desayuno, del cual parecía no haber comido casi nada.

—¡Ah, Georg! —exclamó el padre, y se levantó para recibirlo.

Al aproximarse, se entreabrió su gruesa bata, y en amplio vuelo onduló crujiente en torno a él.

«Mi padre todavía es un gigante», se dijo Georg.

—Está terriblemente oscuro —observó después.

—Sí, es verdad. Está muy oscuro —replicó el padre.

—¿Y estás con la ventana cerrada? ¿Por qué?

—Me gusta más así.

—Hace mucho calor afuera —agregó Georg, como siguiendo en su anterior observación, y se sentó.

El padre amontonó los platos del desayuno y los puso sobre la cómoda.

—Únicamente quería decirte —continuó Georg, que contemplaba con mirada ausente las operaciones del padre— que he pensado enviar a San Petersburgo la noticia de mi compromiso.

Extrajo del bolsillo un borde de la carta y luego volvió a meterla en él.

—¿A San Petersburgo? —inquirió el padre.

—Sí, es a mi amigo —contestó Georg, buscando con la mirada los ojós de su padre.

«En los negocios es otro hombre —pensó—. Parece firme como una roca aquí sentado, con los brazos cruzados sobre el pecho.»

—Ya. A tu amigo —exclamó el padre con solemnidad.

—Como todavía recordarás, padre, primero pensé no darle la noticia de mi compromiso. Sobre todo por consideración hacia él. No había otro motivo. Como bien sabes, es una persona algo suspicaz. Se me ocurrió que podía saberlo por otros conductos, aunque considerando que hace una vida solitaria, no era muy posible. Me sería difícil impedirlo, aunque directamente por mí nunca se hubiese enterado.

—Y pese a ello, ¿has mudado nuevamente de opinión? —preguntó el padre, dejando su abultado periódico sobre el alféizar de la ventana, y encima del periódico las gafas, que tapó con la mano.

—En efecto, ahora he vuelto a variar de idea. Si efectivamente es amigo mío —pensé—, la felicidad de mi compromiso también ha de constituir lo mismo para él. Y por consiguiente me apresuré a hacérselo saber. Pero antes de despachar la carta, quería que lo supieses tú.

—Georg —dijo el padre, enseñando al hablar su desdentada boca—, óyeme. Te diriges a mí para hablarme de este asunto. Sin duda ello te honra. Pero de nada sirve, lamentablemente no sirve de nada, si además no me dices toda la verdad. No deseo ahora poner en claro cuestiones que no vienen a cuento. Pero desde la muerte de nuestra amada madre, han sucedido algunas cosas verdaderamente penosas. Es posible que llegue el momento de decirlas, y seguramente mucho antes de lo que suponemos. En el negocio hay muchos asuntos que he dejado de saber, aunque con esto no quiero insinuar que se me oculten (no quiero decir ahora que así se hace deliberadamente). Mi capacidad está naturalmente disminuida. No puedo fiarme de mi memoria. Me es imposible estar al tanto de todo. En primer término, esto obedece a un inevitable proceso natural, y en segundo, la muerte de nuestra querida madrecita ha significado para mí un terrible golpe, que me ha afectado mucho más que a ti. Pero no quiero desviarme de este asunto, de la carta; por consiguiente, Georg, te suplico que no me engañes. Es una tontería. No creo que merezca mencionarla; por eso mismo no me mientas. ¿Realmente existe ese amigo tuyo en San Petersburgo?

Georg se incorporó sorprendido.

—Dejemos tranquilo a mi amigo. Todos los amigos del mundo no reemplazan a un padre. ¿Quieres saber lo que pienso? Que no te cuidas lo necesario. Tu avanzada edad exige muchas consideraciones. Eres para mí insustituible en el negocio, lo sabes sin duda; pero el negocio es ya peligroso para tu salud. Mañana, sin dudarlo, lo cierro para siempre. Y eso nos es perjudicial. No puedes seguir así mucho más tiempo. Es necesario cambiar completamente tus costumbres. Estás sentado aquí, en la oscuridad, cuando la sala está llena de luz. Dejas casi intacto tu desayuno, en lugar de alimentarte como debe ser. Te sientas junto a la ventana cerrada, cuando necesitarías respirar aire puro. ¡No, padre! Recurriré al médico, y obedeceremos sus instrucciones. Te mudarás de habitación. Te quedarás en el cuarto de delante y yo me instalaré aquí. No extrañarás el cambio, porque trasladaremos también tus cosas. Pero tenemos tiempo para todo. Por ahora es necesario que descanses algo en la cama. Probablemente necesitas reposar. Déjame que te ayude a desvestirte. Ya verás cómo me arreglo. O si prefieres ir ya a la habitación de delante, puedes, mientras tanto, acostarte en mi cama. Me parece lo más prudente.

Georg permanecía al lado de su padre, que tenía caída sobre el pecho la cabeza de alborotados cabellos blancos.

—Georg —musitó el padre sin hacer ningún movimiento.

Georg se inclinó inmediatamente junto a su padre. Al observar su rostro cansado, percibió que las pupilas dilatadas lo miraban de soslayo.

—No existe tu amigo de San Petersburgo. Has sido siempre muy bromista y has querido también bromear conmigo. ¿Cómo puedes tener un amigo en aquel país? Verdaderamente me resulta imposible creerlo.

—Procura esforzar tu memoria —dijo Georg, ayudando a levantarse de su silla al padre y sacándole la bata, en tanto que el anciano se tenía en pie con dificultad—. Dentro de unos días hará tres años que estuvo aquí visitándonos. Aún tengo presente que le tenías poca simpatía. Dos veces por lo menos disimulé su presencia, pese a que realmente estaba conmigo en mi habitación. Tu antipatía hacia él la comprendo perfectamente, puesto que mi amigo es una persona muy peculiar. Pero después congeniaste bastante con él. Me sentía muy satisfecho de que lo oyeras, de que coincidieras con él y de que le hicieras preguntas. A poco que lo pienses, te acordarás. Nos relató increíbles historias de la Revolución Rusa. Entre ellas, cuando presenció en un viaje de negocios, en Kiev, a un pope en un balcón durante una revuelta, que se hizo con un cuchillo una cruz sangrienta en la palma de la mano y luego elevó la mano y arengó a la muchedumbre. Tú incluso has mencionado en varias ocasiones esta historia.

Entre tanto, Georg había conseguido sentar nuevamente a su padre y quitarle con sumo cuidado los pantalones de lana que llevaba encima de los canzoncillos, así como los calcetines. Al comprobar el estado de dudosa limpieza de la ropa interior, se censuró su despreocupación. Era sin ninguna duda una de sus obligaciones preocuparse de que no le faltaran a su padre mudas de ropa interior. Aún no se había puesto de acuerdo con su futura esposa sobre qué decidirían respecto a su padre, puesto que, por acuerdo tácito, habían dado por hecho que el padre continuaría viviendo solo en la antigua casa. Pero ahora cambió bruscamente de opinión y decidió que su padre viviría con ellos en su futura casa. Pensándolo mejor, quizá los cuidados que pensaba dedicar a su padre fuesen ya inútiles.

Condujo en sus brazos al padre hasta la cama. Sintió una sensación horrible al notar que en el corto recorrido hasta esta su padre jugueteaba con la cadena del reloj que cruzaba su pecho. Apenas podía acostarlo. ¡Tan fuertemente se había asido a la cadena!

Pero cuando el anciano se quedó acostado, todo pareció solucionado. Él, por sí mismo, se tapó y se subió las mantas muy por encima de los hombros, lo que resultaba raro en él. Después, miró a su hijo con expresión marcadamente amistosa.

—¿No es verdad que ahora empiezas a acordarte de él? —inquirió Georg, moviendo cariñosamente la cabeza.

—¿Estoy bien tapado? —preguntó el padre, como si le fuese imposible comprobar si tenía los pies debidamente cubiertos.

—Te encuentras ya mejor en la cama —agregó Georg, y le arregló la ropa.

—¿Estoy bien tapado? —preguntó otra vez el padre. Se le veía notablemente interesado en la contestación.

—Quédate tranquilo. Estás perfectamente cubierto.

—¡No! —exclamó el padre, cortándolo.

Echó hacia atrás las mantas con tal fuerza que en un instante se separaron por completo y se puso de pie sobre la cama, apoyándose levemente con una mano sola en el techo.

—Sé que tú quisieras taparme, mi pequeño hijo; pero aún no estoy todavía tapado. Y aunque pueden ser mis últimas fuerzas, para ti son muchas, demasiadas quizá. Conozco perfectamente bien a tu amigo. Podría haber sido para mi un hijo preferido. Precisamente por eso, tú lo traicionaste un año tras otro. ¿Crees que no lloré muchas veces por él? Por eso te encierras en el despacho. No puede entrar nadie para escribir tus fingidas cartas a Rusia. El jefe tiene mucho trabajo. Pero afortunadamente un padre sabe leer perfectamente los pensamientos de su hijo. Cuando estabas seguro de que lo habías hundido, hasta el punto de que era posible sentar tu trasero sobre él y que ya no se movería, entonces mi señor hijo resuelve casarse.

Georg pudo imaginarse la siniestra imagen suscitada por su padre. El amigo de San Petersburgo, a quien inesperadamente su padre revelaba conocer tan bien, golpeó fuertemente su imaginación. Se lo figuró perdido en la inmensa Rusia. Lo vio ante la puerta del negocio vacío y saqueado. Entre los restos de los mostradores, de las mercancías destruidas, lo vio claramente. ¿Por qué se habría marchado tan lejos?

—Pero óyeme —exclamó el padre.

A punto de enloquecer, Georg se aproximó a la cama para saber todo de una vez; pero se paró a mitad de camino.

—Como ella se levantó las faldas —empezó a decir el padre—, como ella se levantó las faldas así, la cerda inmunda —y como remedo, se alzó la camisa tan arriba que podía verse en su muslo la cicatriz de la guerra—, como ella se levantó las faldas así, así te entregaste completamente; y para gozar tranquilamente con ella, manchaste la memoria de nuestra madre, traicionaste al amigo y arrojaste en el lecho a tu padre para que no pueda moverse. Pero ¿puede o no puede moverse?

Se enderezó, prescindiendo de todo apoyo, y alzó las piernas.

Georg continuaba en un rincón, lo más alejado que podía de su padre. En otros tiempos, había resuelto firmemente observar atentamente todo para que nadie pudiera atacarle indirectamente, bien desde atrás o desde arriba. Se acordó de este perdido propósito y otra vez lo olvidó, como cuando se introduce un hilo corto a través del ojo de una aguja.

—Sin embargo, tu amigo no fue nunca traicionado —exclamó el padre, arrojando punzadas con el indice para mayor solemnidad—. Era yo su representante aquí.

—¡Farsante! —no pudo evitar gritar Georg. Enseguida reparó en su error, y cuando ya era tarde se mordió la lengua, con ojos desencajados, hasta notar que las rodillas le temblaban de dolor.

—¡Claro que sí! Es verdad que represento una farsa. ¡Farsa! ¡Magnífica palabra! ¿Qué otro alivio le quedaba al desgraciado padre viudo? Contéstame y procura ser, al menos durante el momento de la respuesta, lo que alguna vez fuiste: mi propio hijo. ¿Qué podía hacer yo en mi cuarto interior, acosado por un personal infiel, envejecido hasta el alma? Y mi hijo paseaba triunfalmente por el mundo, concertaba negocios que yo ya había preparado antes, estallando de presunción, y se mostraba ante su padre con una expresión hermética de hombre importante. ¿Piensas que yo no te habría querido, yo, de quien tú deseaste separarte?

«Ahora se balanceará hacia delante —pensó Georg—. ¡Si se cayera y se partiera los huesos!»

Estas palabras zumbaban a través de su cerebro.

El padre osciló hacia delante, pero no cayó. Al darse cuenta de que Georg no se aproximaba, como había supuesto, volvió a estirarse.

—Sigue donde estás. No te necesito para nada. Tú piensas que aún tienes bastante fuerza para acercarte, y que no lo haces nada más que porque no quieres, Ten mucho cuidado. Puedes equivocarte. Todavía soy el más fuerte. Yo solo hubiera tenido que pasar al olvido; pero tu madre me comunicó de tal manera su fuerza, que creé una estrecha relación con tu amigo, y tengo ahora guardados en este bolsillo a todos tus clientes.

«Tiene bolsillos hasta en la camisa», se le ocurrió a Georg, y pensó que con esa sencilla afirmación bastaba para ponerlo en ridículo ante los ojos de todos. Lo pensó solamente un segundo y después siguió olvidando todo.

—Agárrate del brazo de tu novia y arriésgate a presentarte ante mí. ¡La arrojaré de tu lado, y ya verás cómo!

Georg hizo un gesto de duda. El padre se conformó con asentir, reafirmando la veracidad de sus palabras y dirigiéndolas hacia el rincón en donde seguía Georg.

—¡Cómo me divertí hoy, cuando llegaste y me preguntaste si debías anunciar tu compromiso a tu amigo! ¡Si él ya lo sabe todo, niño tonto, todo! Le escribí yo, porque te olvidaste de quitarme los útiles de escribir. Por esto no viene desde hace muchos años, pues está al tanto de lo que sucede cien veces mejor que tú. Rompe tus cartas con la mano izquierda, sin leerlas tan siquiera, mientras que con la derecha abre las mías.

Exaltado, agitó el brazo sobre su cabeza.

—¡Lo sabe todo mil veces mejor que tú! —gritó.

—¡Mejor diez mil veces! —exclamó Georg para mofarse de su padre, pero antes de salir de su boca las palabras se trocaron en una penosa seguridad.

—Hace años que espero me hagas esa pregunta. ¿Crees quizá que me importa alguna otra cosa en la vida? ¿Crees quizá que leo periódicos? ¡Toma! Y le tiró un periódico que, incomprensiblemente, había llevado con él a la cama.

Era un periódico antiguo, cuyo nombre resultaba completamente desconocido para Georg.

—Has tardado mucho tiempo en darte cuenta. La pobre madre murió antes de presenciar ese día de triunfo. Tu amigo está agonizando en Rusia. Hace ya tres años estaba amarillento como un muerto, y yo puedes ver cómo estoy. Para eso tienes ojos.

—Entonces, ¿me vigilas permanentemente? —exclamó Georg.

—Estoy seguro que desde hace mucho querías decirme eso. Pero ya no tiene importancia.

Y luego, levantando la voz:

—Debes saber que existen otras cosas en el mundo, pues hasta hoy solo te interesaban las que se referían a ti. Es verdad que eres un inocente niño, pero fuiste también un ser satánico. Y ahora, por consiguiente, óyeme: Yo te sentencio a morir ahogado.

Georg se sintió arrojado de la habitación. Todavía resonaba en sus oídos el golpe que produjo su padre al dejarse caer sobre la cama. En la escalera, sobre cuyos escalones bajó como sobre un plano inclinado, se cruzó con la criada que subía para hacer la limpieza cotidiana del piso.

—¡Jesús! —exclamó esta, y se tapó la cara con el delantal, pero ya Georg se había esfumado.

Salió corriendo y atravesó la calle hacia el río. Ya estaba agarrado a la baranda, como un famélico a su comida. De un limpio salto pasó por encima, como debía ser para el perfecto atleta que había sido en sus años jóvenes, para engreimiento de sus padres. Se mantuvo un momento aún con manos que se debilitaban cada vez más. Atisbó por entre los barrotes de la baranda a un autobús que se aproximaba, cuyo estruendo apagaría seguramente el ruido de su caída. Dijo en voz baja: «Queridos padres, pese a todo, nunca os he dejado de amar», y se precipitó hacia abajo.

En ese instante una larga fila de vehículos atravesaba el puente.

FIN DE
«LA CONDENA»

La muralla china

LA MURALLA CHINA fue terminada en su extremo norte; avanzando del sudeste y del sudoeste se unió aquí. Este sistema de construcción parcial se utilizó también en escala reducida para cada uno de los dos grandes ejércitos de trabajo, el de oriente y el de occidente. Para ello se formaron equipos de unos veinte obreros, que debían realizar un sector de muralla de unos quinientos metros. Un equipo vecino le salía al encuentro con otra muralla de igual longitud. Pero una vez producida la unión, no se continuaba la obra al final de estos mil metros, sino que los equipos de obreros eran enviados a regiones completamente distintas para continuar con la construcción. Resultó así que quedaron numerosos claros que se llenaron poco a poco y con gran lentitud, algunos solo después de haberse ya proclamado oficialmente terminada la muralla. Más aún: se dice que hay sectores que no se llenaron nunca, afirmación que probablemente pertenece a las muchas leyendas que se originaron acerca de la construcción y que al menos para el hombre aislado, no son verificables por sus propios ojos y con su propio sentido de las proporciones.

En principio se creería que hubiera sido más ventajoso en todo sentido construir en forma continua o, al menos, continuadamente dentro de los dos sectores principales, ya que la muralla, según se sabe y se divulga, fue proyectada como defensa frente a los pueblos del Norte; pero ¿cómo puede proteger una muralla construida en forma discontinua? En efecto, una muralla tal no solo no puede proteger, sino que la obra misma está en constante peligro. Estos sectores de muralla abandonados en regiones desoladas podían ser destruidos fácilmente una y otra vez por los nómadas, sobre todo porque estos, atemorizados por la construcción, mudaban de residencia con asombrosa rapidez, como langostas, por lo que es probable que tuviesen una mejor visión de conjunto de los progresos de la obra que nosotros mismos, sus constructores. Pese a ello, la construcción no podía realizarse sino como se hizo. Para comprenderlo hay que tener en cuenta lo siguiente: la muralla debía constituir una protección por muchos siglos. La ejecución más minuciosa, la aplicación del saber arquitectónico de todas las épocas y todos los pueblos conocidos, el constante sentido de responsabilidad de los constructores eran ineludibles condiciones previas al trabajo. Si bien para las tareas inferiores podía recurrirse a jornaleros del pueblo, hombres, mujeres, niños, cualquiera que se ofreciera por buen salario; sin embargo, para dirigir a equipos de cuatro jornaleros se necesitaba un hombre inteligente, conocedor del arte de la construcción, capaz de sentir en lo hondo de su corazón el carácter de la obra Y así, cuanto más elevada la misión, mayores las exigencias. Hombres de tal calidad se hallaban realmente disponibles, quizá no en la cantidad que hubiera requerido esta obra, pero de cualquier forma en gran número.

La obra no había sido abordada con ligereza. Cincuenta años antes de iniciarla, en toda la China, que debía ser amurallada, la arquitectura, y en especial la albañilería, se declaró ciencia principalisíma, y todo lo demás se reconoció solo en cuanto se vinculara con ella. Aún recuerdo muy bien cómo siendo niños, inseguros todavía sobre los pies, nos hallábamos en el jardincito del maestro; cómo teníamos que levantar con guijarros una especie de muralla; cómo el maestro arremangaba la túnica, se precipitába contra la pared —derribándola, naturalmente— y cómo nos hacía tales reproches por la debilidad de nuestra obra que, berreando y a la desbandada, corríamos a refugiarnos en nuestras casas. Un suceso minúsculo, pero demostrativo del espíritu de la época.

Me cupo la suerte de que a los veinte años, justamente al aprobar el examen final de mis estudios preuniversitarios, comenzara la construcción de la muralla. Y digo suerte, porque muchos que habían alcanzado antes el grado máximo dentro de la preparación a que pudieron acceder, no supieron durante años qué hacer con sus conocimientos, y llena la cabeza de grandiosos proyectos vagaban inútilmente y se malograban. Pero aquellos que finalmente llegaban a la obra como conductores, aunque fuera de último rango, eran verdaderamente dignos de su misión. Se trataba de albañiles que habían reflexionado mucho acerca de la obra, que continuaban meditando sobre ella y que desde la primera piedra hundida en la tierra se sentían consustanciados con la empresa. A estos hombres los impulsaba, además de la ambición de realizar un trabajo escrupuloso, la urgencia de ver levantarse la obra en su totalidad. El jornalero desconoce esa impaciencia. Lo mueve el interés por la paga. Los conductores superiores, y hasta los de mediana jerarquía, pueden ver lo suficiente acerca del progreso de la construcción en sus variados aspectos como para conservar la fortaleza de ánimo; mas fue necesario velar en otra forma por los de abajo, espiritualmente muy por encima de su misión, ínfima en apariencia. No se podía, por ejemplo, tenerlos durante meses y años colocando piedra tras piedra en una región montañosa, deshabitada, a centenares de millas de su tierra, con el escaso aliciente de una labor que, aun cumpliéndola con todo empeño y sin interrupción durante una vida, no permitía descubrir la meta. Esto los hubiera desesperado y, sobre todo, disminuido en su capacidad de trabajo. De aquí que se eligiera el sistema de construcción parcial. Quinientos metros se podían terminar aproximadamente en cinco años; tras ellos, es natural, los conductores solían estar agotados. Habían perdido la confianza en sí mismos, en la obra, en el mundo. Entonces se los enviaba lejos, lejos, cuando aún les duraba la exaltación por las fiestas con que se celebraba la unión de una muralla de mil metros. En el viaje veían aquí y allá murallas parciales terminadas. Pasaban por los campamentos de jefes superiores, que los halagaban con distintivos honoríficos. Escuchaban el entusiasmo jubiloso de nuevas legiones de trabajo que fluían desde el fondo de las regiones. Veían talar bosques para los andamios, reducir montañas a sillares y oían en los santuarios el cántico de los fieles que imploraban por la culminación de la obra. Todo esto aliviaba su impaciencia. La tranquila vida en el terruño, donde pasaban un tiempo, los fortalecía. La admiración de que gozaban los constructores, la crédula humildad con que se atendían sus relatos, la fe que el ciudadano simple y callado depositaba en la futura terminación de la muralla, todo esto templaba las fibras del espíritu. Como niños eternamente esperanzados, se despedían. El ansia de trabajar en la obra del pueblo se hacía indomable. Partían de la casa antes de lo aconsejable. Medio pueblo los acompañaba un largo trecho. En todos los caminos, gentes, gallardetes, banderas. Nunca habían imaginado qué grande, rico, hermoso y digno de ser amado era su país. Cada campesino se convertía en un hermano para quien se construía una muralla de protección y que, con todo cuanto poseía y era, lo agradecía de por vida. ¡Unidad! ¡Unidad! Pecho junto a pecho, una guirnalda de pueblo, sangre no limitada a la mísera circulación corporal, sino que fluía dulcemente, pero retornando siempre a través de la China infinita.

Ante todo, hay que reconocer que en aquella época se culminaron empresas escasamente inferiores a la construcción de la torre de Babel, pero que representan, en cuanto a satisfacción divina —al menos según cálculos humanos—, exactamente lo contrario de aquella obra. Lo cito porque en las primeras épocas de la construcción, un sabio escribió una obra en que establecía con claridad tales comparaciones. Procuraha demostrar que si el levantamiento de la torre de Babel no llegó a realizarse, no fue debido a las causas generalmente admitidas, o que por lo menos entre estas no se hallaban las principales. Se basaba en escritos y crónicas, y además afirmaba haber realizado investigaciones en el terreno mismo y haber comprobado que la obra fracasó, y debía fracasar, por debilidad de los cimientos. No hay duda de que, en este aspecto, nuestra época aventajaba en mucho a aquellas edades remotas. Casi todo contemporáneo instruido era albañil de profesión y especialista en materia de cimientos. Pero el sabio ni siquiera se basaba en ello, sino que afirmaba que solo la gran muralla, por primera vez en los anales de la humanidad, brindaría cimientos seguros para levantar una nueva torre de Babel. Es decir, primero la muralla, después la torre. El libro se hallaba entonces en todas las manos, pero reconozco que todavía hoy no alcanzo a comprender cómo se imaginaba esta construcción. ¿Cómo la muralla, que no era una circunferencia, sino tan solo un cuadrante o media circunferencia, había de proporcionar los cimientos para una torre? Aquello solo podía tener un sentido espiritual. Pero ¿para qué entonces la muralla, que era algo real, producto de los sacrificios y vidas de centenares de miles de personas? ¿Y para qué se habían dibujado en la obra planos —por cierto inconcretos— de la torre y efectuado cálculos, hasta en los detalles, de cómo debían unirse las energías populares en la nueva grandiosa construcción?

Reinaba entonces tanta confusión en las cabezas –este libro es un simple ejemplo—, quizá precisamente porque tantos procuraban unirse en un solo empeño. La criatura humana, frívola, ligera como el polvo, no soporta ligaduras; y si se las impone ella misma, pronto, enloquecida, empezará a forcejear hasta despedazar murallas, cadenas y a sí misma.

Es probable que ni aun estas consideraciones contrarias a la construcción de la muralla hayan sido desechadas por la Conducción al decidirse el sistema de construcción parcial. Solo deletreando las disposiciones de la Suprema

Conducción —hablo aquí, por cierto, en nombre de muchos— hemos llegado a conocernos nosotros mismos y a descubrir que sin la Conducción no habrían alcanzado nuestra sabiduría escolar ni nuestro entendimiento a cubrir las necesidades del modesto cargo que teníamos en el gran conjunto. En la sala de la Conducción —nadie de los que interrogué supo decirme dónde estaba y quiénes la ocupaban—, en esta sala giraban seguramente todos los pensamientos y deseos humanos, y, en círculos contrarios, todas las metas y realizaciones. A través de la ventana recibían las manos de la Conducción, que dibujaban planos, el reflejo de los mundos divinos.

Por eso, el observador insobornable no alcanza a comprender que la Conducción, de habérselo propuesto seriamente, no hubiese superado también los obstáculos que se oponían a una construcción cotinuada. Entonces, la Conducción ha deseado la construcción parcial. Pero esta era solo una solución de emergencia e inadecuada. Luego la Conducción ha querido algo inadecuado... ¡Extraña conclusión!... Muy cierto, y sin embargo tiene, desde otro punto de vista alguna justificación. Por aquel entonces era máxima secreta de muchos, por no decir de los mejores: «Trata con todas tus fuerzas de comprender las disposiciones de la Conducción, pero solo hasta determinado límite; allí cesa de reflexionar». Máxima muy prudente, que, por lo demás, había de tener nueva expresión en la parábola muy repetida más tarde: «No porque pueda dañarte cesa de reflexionar, ya que tampoco es seguro que pueda dañarte». Aquí es cuestión de daño o no daño. Te pasará como al río en primavera. Crece, se hace más caudaloso, alimenta más generosamente la tierra de sus largas riberas, conserva su propia esencia hasta dentro del mar, pero al tiempo se hace más semejante y grato a este... «Hasta allí reflexiona sobre las disposiciones de la Conducción». Pero, después, el río sale de madre, pierde sus contornos y figura, su curso se hace más lento, procura alterar su destino y formar pequeños mares interiores, daña los campos, retrocede a su lecho y se seca en la siguiente estación de los calores lamentablemente... «No reflexiones hasta allí sobre las disposiciones de la Conducción».

Esta parábola, quizá muy exacta durante la construcción de la muralla, tiene escaso valor para mi actual informe. Mi investigación es solo histórica. Los nubarrones desvanecidos hace mucho ya no generan rayos, y por ello estoy dispuesto a encontrar una explicación de la construcción parcial que vaya más allá de lo que satisfacía entonces. Los límites impuestos por mi capacidad mental son bastante estrechos; por el contrario, el territorio que deberé atravesar es infinito.

¿De quiénes debía protegernos la gran muralla? De los pueblos del Norte. Yo soy de la China sudoriental. No hay ningún pueblo del Norte que pueda amenazarnos aquí. Nos informamos acerca de ellos en los libros de los antiguos; y bajo nuestras tranquilas glorietas, las crueldades que cometen nos hacen gemir. Los artistas, en sus cuadros de fiel realismo, nos muestran estos rostros de maldición, desmesuradamente abiertas las bocas, los dientes dispuestos a desgarrar y a triturar, los ojos ya ansiosos hacia el botín. Cuando los niños se portan mal, les mostramos estas figuras; llorosos, se refugian en nuestros brazos. Pero eso es todo cuanto sabemos de las gentes del Norte. Nunca los hemos visto, y, si permanecemos en nuestra aldea, no los veremos jamás, por más que fustiguen sus salvajes caballos y galopen a nuestro encuentro... El país es demasiado extenso y no los dejaría llegar... Por mucho que corran se perderán en el aire.

Y si es así, ¿por qué abandonamos el terruño, el río y los puentes, al padre y a la madre, a la mujer que gime y al niño que debemos educar, y nos alejamos para aprender en la lejana ciudad, y nuestros pensamientos vuelan más al Norte aún, junto a la muralla? ¿Por qué? Pregunta a la Conducción. Ella nos conoce. Ella, que afronta y sale adelante con sus enormes responsabilidades, sabe de nosotros, conoce nuestra pequeña industria, nos ve a todos reunidos, sentados en la choza, y la oración que al caer la tarde eleva el más anciano rodeado de los suyos le es grata o ingrata. Y si me atrevo con este pensamiento frente a la Conducción, diré que creo adivinar que ella existía antes y que no se constituyó de improviso, como los mandarines que, impulsados por un hermoso sueño matinal, convocan a sesión urgente. Resuelven, y ya a la noche sacan a las gentes de las camas a tambor batiente para cumplir lo resuelto, aunque no sea más que para organizar una iluminación en honor de un dios que se mostró ayer propicio al señor, para mañana, apenás extinguida la luz de los faroles, apalearlos en algún oscuro rincón. La Conducción debió existir desde siempre, igual que la decisión de construir la muralla. ¡Inocentes pueblos del Norte, que creían haberle dado el motivo; inocente y venerable emperador, que creía haberla ordenado! Nosotros, los de la construcción, sabemos la verdad y callamos.

En aquel tiempo, durante la construcción, y más tarde, hasta hoy, me he ocupado casi exclusivamente de hacer historia comparada —hay ciertas cuestiones a cuyo meollo solo se puede llegar con este procedimiento—, y descubrí que nosotros, los chinos, poseemos determinadas instituciones sociales y estatales de claridad meridiana y otras de oscuridad inigualable. Siempre me excitó, y aún me excita, investigar las causas, especialmente las del último fenómeno; también la construcción de la muralla está afectada en su esencia por tales cuestiones.

Una de nuestras más imprecisas instituciones es ciertamente el imperio. Por supuesto, en la corte, en Pekín, hay cierta claridad acerca de ella, aunque más aparente que real. También los maestros de derecho del Estado y de la historia en las altas escuelas aseguran estar profundamente informados de estas cuestiones y en condiciones de transmitir su conocimiento a los estudiantes. Según se desciende a las escuelas inferiores, desaparecen —es comprensible— las dudas sobre el propio saber. Una enseñanza mediocre levanta montañas alrededor de algunos dogmas asentados hace siglos, que por cierto no han perdido nada de su eterna sabiduría, pero que subsisten también confusos por toda la eternidad en medio de esta bruma y de esta niebla.

Pienso que acerca del imperio debía consultarse al pueblo, ya que este constituye sus últimos soportes. Y aquí, otra vez, solo puedo hablar de mi propia patria. Además de las divinidades campestres y de su culto, que en tan bella variedad llena todo el año, nuestros pensamientos solo se centran en el emperador, o más bien se centrarían en el actual si lo hubiéramos conocido o hubiéramos sabido algo concreto de él. La verdad es que siempre hemos querido saber acerca de esto —nuestra única curiosidad—; pero aunque parezca extraño, era imposible averiguar nada, ni por el peregrino que cruza tantos países, ni en los pueblos próximos o alejados, ni por los barqueros, que no solo navegan los pequeños ríos de nuestra comarca, sino también los ríos sagrados. Ciertamente, era mucho lo que se oía, pero no era posible sacar algo en limpio.

Nuestro país es tan inmenso que no hay leyenda que se acerque a su grandeza. El cielo apenas puede cubrirlo. Pekín es solo un punto, y el palacio imperial un punto todavía más pequeño. Asimismo, el emperador, como tal, es grande a través de todos los pueblos del mundo. Pero el emperador viviente, un hombre igual que nosotros, descansa como nosotros en una cama que, aunque sea de dimensiones generosas, solo puede ser estrecha y corta. Como nosotros se despereza a veces y, si está muy cansado, bosteza abriendo su boca de suave línea. Pero ¿cómo podíamos enterarnos de ello —a miles de millas al Sur— casi en límite con las montañas del Tíbet? Además cada noticia, aunque nos llegara, lo haría demasiado tarde, ya anticuada. En torno al emperador se aglomera la brillante, pero opaca, multitud de los palaciegos —maldad y enemistad con ropaje de criados y amigos—, el contrapeso en la balanza del imperio, intentando desalojar con sus flechas envenenadas al emperador del otro platillo. Aunque el imperio es eterno, el emperador, aislado, cae. Dinastías enteras se hunden al fin y expiran con un solo extertor. De estas luchas y padecimientos jamás se enterará el pueblo; como forasteros rezagados, colman el final de las callejas laterales, comiendo tranquilamente la merienda traída, mientras en la plaza del mercado, en su centro, se lleva a cabo la ejecución de su señor.

Existe una leyenda que expresa bien esta relación. El emperador —así dicen— te ha enviado a ti, el solitario, el más mísero de sus súbditos, la sombra que ha huido a la más alejada lejanía, microscópica ante el sol imperial; precisamente a ti, el emperador te ha enviado un mensaje desde su lecho de muerte. Mandó arrodillarse al mensajero junto a la cabecera de su lecho y le susurró el mensaje en el oído. Tanta importancia le daba, que se lo hizo repetir en su propio oído. Asintió con la cabeza, corroborando la exactitud de la repetición. Y ante la multitud reunida para contemplar su muerte —todas las paredes que impedían la vista habían sido derribadas y sobre la abierta y elevada curva de la gran escalinata permanecían formando un círculo los grandes del imperio—, ante aquella muchedumbre ordenó al mensajero que partiera. El mensajero, un hombre robusto e incansable, partió en el acto. Extendiendo ora este brazo, ora el otro, se abre paso a través de la multitud. Cuando encuentra un obstáculo, se hace sobre el pecho el signo del sol. Avanza con mucha más facilidad que ningún otro. Pero la multitud es inmensa; sus alojamientos son infinitos. Si ante él se abriera el campo libre, cómo volaría, qué pronto oirías el glorioso sonido de sus puños golpeando tu puerta; pero, en cambio, qué inútiles resultan sus esfuerzos. Aún está abriéndose paso a través de las cámaras del palacio central. No terminará de atravesarlas nunca y, si terminara, no habría progresado mucho. Todavía tendría que esforzarse para descender las escaleras, y, si lo consiguiera no habría progresado mucho; debería cruzar los patios; y después de los patios el segundo palacio circundante; y nuevamente las escaleras y los patios; y nuevamente un palacio; y así durante miles y miles de años; y cuando finalmente atravesara la última puerta —pero esto jamás, jamás puede suceder—, aún le faltaría cruzar la capital, el centro del mundo, donde su escoria se amontona prodigiosamente. Nadie podría abrirse paso a través de ella, y menos todavía con el mensaje de un muerto. Pero tú te sientas cerca de tu ventana y te lo imaginas cuando llega la noche.

Así, con desesperanza y lleno de esperanza, ve nuestro pueblo al emperador. No sabe qué emperador gobierna, y hasta tiene dudas sobre el nombre de la dinastía. En la escuela se aprende mucho, pero la inseguridad general es tan grande en este tema que hasta el mejor alumno se hunde en ella. Emperadores que han muerto hace tiempo son elevados al trono en nuestros pueblos; y el que vive ya tan solo en la canción ha emitido hace poco un bando que el sacerdote lee ante el altar. Batallas pertenecientes a nuestra más antigua historia se libran ahora, y con el rostro alterado se precipita el vecino en tu casa con la noticia. Las mujeres imperiales, pletóricas de comida, entre almohadones de seda, alejadas de la noble costumbre por astutos palaciegos, incontenibles en su ambición de poder, progresivas en su avaricia, exudando voluptuosidad, no cejan en sus felonías. A medida que transcurre el tiempo, más feos lucen los colores, y con lamentos de dolor se entera la aldea un día cualquiera de cómo hace milenios una emperatriz bebió a lentos sorbos la sangre de su esposo.

El pueblo se comporta así con lo pasado. A los gobernantes de hoy, en cambio, los mezcla con los muertos. Si alguna vez, quizá una sola en el transcurso de una vida humana, llega por casualidad a nuestro pueblo un funcionario imperial que recorre la provincia, formula en nombre del gobierno cualquier exigencia, verifica lás listas de tributos, presencia la enseñanza en los colegios, inquiere al sacerdote por nuestro comportamiento y resume todo, antes de subir a su litera, en minuciosas recomendaciones a la comunidad congregada ante él, entonces una sonrisa ilumina todos los rostros, unos a otros se miran con disimulo y se inclinan sobre los niños para rehuir la observación del funcionario. Como uno habla de un muerto cual si aún viviera. Este emperador hace tiempo que murió, y la dinastía quedó extinguida. El señor funcionario se burla de nosotros; y entonces hacemos como si no lo notáramos, para no mortificarlo. Pero está claro que solo obedeceremos de verdad a nuestro actual señor. Otra conducta sería pecado. Y mientras el funcionario se aleja en su litera deprisa, uno cualquiera, sacado arbitrariamente de una urna ya desintegrada, se erige con paso retumbante en señor del pueblo.

De modo semejante, las transformaciones estatales y las guerras contemporáneas afectan poco a nuestra gente. Recuerdo ahora un episodio de mi juventud. En una provincia, aunque vecina muy distante, se había producido una rebelión. No recuerdo las causas y tampoco vienen al caso. Motivos para levantamientos se producen allí a diario. Es un pueblo muy inquieto. El hecho es que un mendigo, que procedía de aquella provincia, trajo a casa de mis padres un volante de los rebeldes. Era precisamente un día de fiesta. Los invitados colmaban nuestras habitaciones. En medio estaba el sacerdote que nos leía el papel. De pronto todo el mundo comenzó a reír, la hoja fue rota en el tumulto, el mendigo, al que ya habíamos entregado numerosos regalos, fue sacado a empellones y todos se dispersaron saliendo al aire libre para gozar del bello día. ¿Por qué? El dialecto de la provincia vecina era diferente del nuestro en forma esencial, diferencia que se manifiesta sobre todo en determinados giros de la escritura, anticuados para nosotros. Solo había leído el sacerdote los primeros párrafos, y ya nuestra decisión estuvo tomada. Se trataba de cosas viejas, oídas hace mucho, que ya no dolían. Y aunque —así me parece en el recuerdo— la vida se mostraba horrorosa e irritable a través del mendigo, todos movían la cabeza riendo y se negaban a oír más. Tal es nuestra disposición a sofocar el presente.

Si de fenómenos de este estilo quisiera deducirse que en esencia carecemos de emperador, no se estaría muy lejos de la verdad. No me canso de repetirlo: no existe quizá pueblo más fiel al emperador que el nuestro; pero de esta fidelidad no se beneficia el emperador. Es verdad que sobre la pequeña columna, a la salida de la aldea, está el dragón sagrado, y lanza desde tiempo inmemorial el homenaje de su ígneo aliento exactamente en dirección a Pekín; pero Pekín mismo es para nuestras gentes más desconocido que la vida del más allá. ¿Existirá en realidad un pueblo cuyas casas están unidas entre sí, cubriendo campos, más extenso que hasta donde puede alcanzar la vista desde nuestra colina, y entre cuyas casas la gente se hacina día y noche? Más fácil que concebir semejante ciudad nos resulta creer que Pekín y el emperador constituyen una sola cosa, por ejemplo, una nube, que bajo el sol cambia serenamente en el discurrir de los tiempos.

El resultado de tales creencias es una vida en cierto modo libre, sin dominación. Nada licenciosa. Puedo afirmar que, en mis viajes, casi en ningún lugar he hallado una pureza de costumbres como la nuestra, pero sí una vida que no se halla sujeta a ningún género de leyes actuales, sino que solo se somete a las exhortaciones y advertencias que nos llegan del remoto pasado. Me abstengo de generalizar, y no afirmo que suceda igual en los diez mil pueblos de nuestra provincia o en las quinientas provincias de China. Pero sí puedo afirmar, basándome en los muchos documentos que sobre esto he leído y por mis propias observaciones —sobre todo durante la construcción de la muralla, cuando la variedad de las gentes permitía penetrar a través del espíritu de casi todas las provincias—, apoyándome en esta experiencia, puedo decir que la idea predominante acerca del emperador ofrece siempre y en todas partes los mismos rasgos fundamentales que en mi pueblo. No deseo hacer valer esta idea como virtud; al contrario, es indudable que es el gobierno, más que nadie, el responsable de no haber conseguido hasta hoy —o de haber desatendido especialmente este asunto— llevar, en el imperio más antiguo de la tierra, la institución del imperio a tal grado de perfección que sus efectos se hicieran sentir inmediata y continuamente hasta en las más alejadas fronteras. Por otro lado, ayuda a esta situación una debilidad en la imaginación o la fe del pueblo, incapaz de atraer el imperio, arrancándolo de la abyección de Pekín, para apretarlo, vivo y actual, contra su pecho de súbdito que solo ambiciona experimentar por fin este contacto y morir en él. Esta concepción de vivir sujetos al mandato del pasado no es, pues, una virtud. Es significativo que, precisamente esta debilidad, parezca ser uno de los más importantes lazos de unión de nuestro pueblo y, aventurándome en la expresión, que sea realmente el suelo sobre el cual vivimos. Fundamentar en esto ampliamente una crítica no solo significaría sacudir nuestras conciencias, sino también nuestras piernas, lo que sería mucho más grave. Por eso no deseo por el momento ir más adelante en la investigación de este problema.

FIN DE
«LA MURALLA CHINA»

MAURO ARMIÑO

Escritor, periodista y crítico teatral. Ha publicado poesía (*El mástil de la noche*), narrativa (*El curso de las cosas*) y ensayo literario (*Qué ha dicho verdaderamente Larra*). Su labor de traductor, por la que ha obtenido en dos ocasiones el Premio Nacional de Traducción —*Antología de la poesía surrealista,* 1971; Rosalía de Castro, *Poesía,* (1979)—, se ha centrado sobre todo en la cultura francesa: autores teatrales, desde Molière (*El Tartufo, Don Juan, El misántropo,* etc.) a Albert Camus (*Los justos*) pasando por Pierre de Marivaux (*El juego del amor y del azar, El triunfo del amor*), Pierre Corneille (*El Cid, don Sancho de Aragón, La comedia de las ilusiones*), y Edmond Rostand (*Cyrano de Bergerac*); filósofos y novelistas de la Ilustración como Jean-Jacques Rousseau (*Las confesiones, Emilio o de la educación, Ensoñaciones del paseante solitario, Del contrato social*); Voltaire (*Novelas y cuentos completos;* Diderot y el Marqués de Sade; y poetas, dra maturgos y novelistas de los siglos XIX y XX, como Arthur Rimbaud (*Una temporada en el infierno-Iluminaciones*), Balzac, Maupassant, Zola, Apollinaire, Marcel Schwob, Julien Gracq y Jean Genet; y, de manera especial, Marcel Proust en traducciones críticas y anotadas: *A la busca del tiempo perdido*, 2000-2005; *Los placeres y lo días,* 2006; y *Jean Santeuil*, 2006. Ha traducido escritores de lengua inglesa como Nathaniel Hawthorne, Edgard Allan Poe, Walt Whitman (*Canto de mí mismo*) y Oscar Wilde, *Teatro completo* (2008).

Algunas de sus traducciones y versiones teatrales han sido llevadas a escena, dirigidas por Josep Maria Flotats: *París 1940*, de Louis Jouvet (Premio Max de traducción del 2002 de una obra teatral); *La cena,* y *Encuentro de Descartes con Pascal joven,* de Jean-Claude Brisville); por Adrián Daumas, Isidro Rodríguez y Miguel Narros (*Salomé,* de Oscar Wilde).